Ika Elvau

Inter Trans Express

Eine Reise an un... ...grenzen

edition assemblage

Bibliografische Informationen der Deutschen Bibliothek
Die Deutsche Bibliothek verzeichnet diese Publikation in der Deutschen Nationalbibliografie; detaillierte bibliografische Daten sind im Internet über
http://dnb.ddb.de
abrufbar.

Ika Elvau

Inter*Trans*Express

Eine Reise an und über Geschlechtergrenzen

1. Auflage, 2014
ISBN 978-3-942885-69-0

Postfach 27 46
D-48014 Münster
info@edition-assemblage.de

www.edition-assemblage.de

Mitglied der Kooperation *book:fair*

Umschlag: Mik van Essen
Illustrationen: Yvonne (S. 8 und 14), Micha (S. 85), Ghislaine (S. 47 und 75) und Yuri (S. 30, 39, 54, 60 und 66)
Lektorat, Satz und Bildbearbeitung: Carina Büker | edition assemblage
Druck: CPI Clausen & Bosse, Leck
Printed in Germany 2014

Inhalt

Vor-Wörter

Irgendwann habe ich vorm Spiegel nicht nur geweint oder mich geärgert sondern angefangen nachzudenken.
Über mich, meinen Körper, meine Identität, und Körperbilder in dieser Gesellschaft. Über die Unsichtbarkeit von Hermaphroditen, Zwittern, Inter* – und allen anderen, die nicht in das Schema Frau oder Mann passen.
Die ganzen Flashbacks von erlebtem Genderwahnsinn waren nicht immer leicht auszuhalten.
Oft hat es traurig und wütend gemacht.

Ich habe aber auch angefangen, mehr und mehr die Gesamtscheiße zu hinterfragen. Juhu.
Bin ja mehr als nur ein Geschlecht.
Habe Neurosensträuße bewundert und nebenbei die „Linke Szene“ kennengelernt.
Und durfte endlich wütend sein.
Auf die, die mich als Genderoutlaw hassen.

Habe von anderen Kämpfen gelernt und zugehört.
Angefangen, die eigenen Privilegien zu hinterfragen,
aber auch versucht, wieder zu träumen.
Leider bin ich auch sehr ähnlichem Sexismus wie dem der Gesamtgesellschaft begegnet.

Nur hatte ich ja jetzt gelernt, auch mal zu schreien, mich zu wehren: „Dagegen!“ zu sagen.
Und so tauchte langsam – in dem ganzen Sumpf aus Geschlechternormen, Repression, Diskriminierung, Kapitalismus und Lohnarbeit – ganz hinten am Horizont doch ein wenig Glitzer auf.

Okay – also nochmal auf einfach.
Dieses Buch ist die Geschichte eines*einer Hermaphroditen, der*die Sachen erlebt im Alltag und anfängt, darüber nachzudenken.

Es geht darum, das Problem nicht mehr nur bei sich selbst zu suchen, sondern in den Strukturen einer Gesellschaft, die nur zwei Geschlechter akzeptiert.

Eigentlich habe ich das alles vor allem für mich geschrieben.
Weil es geholfen hat, zu verarbeiten.
Aber dann habe ich angefangen anderen davon zu erzählen, Geschichten und Gedichte zu teilen, anfangs ängstlich und nur sehr selten, dann immer öfter.
Tatsächlich habe ich gemerkt, dass mehr Menschen, als ich erwartet hatte, mit dem, was da so in meinem Kopf an Gedanken kreist, etwas anfangen können.

Dazu kam noch, dass ich mich mit der Geschichte von Menschen wie mir – von Zwittern, Hermaphroditen, Inter* – beschäftigt habe.
Eine Geschichte, die fast vergessen ist.
Eine Geschichte, die fast immer von von Unterdrückung, von Gewalt, von Ausgrenzung handelt.
Dieser Geschichte möchte ich meine eigene hinzufügen.
Die von Unterdrückung und Ausgrenzung handelt,
aber auch Mut machen will –
Mut zum Widerstand, Mut zur Utopie, Mut zum Träumen, Mut zum Leben.

Ich weiß, das mit mir noch oft der Inter* Trans* Express durchgeht – weil ich mein genderqueeres Leben nicht nur an einer biologischen Definition festmachen will – trotzdem hoffe ich damit an keiner Stelle die ganz spezifische Situation von Inter* unsichtbar zu machen.
Ich weiß, das manche mit „meiner Biologie" sich nicht als Inter* definieren – aber für mich hat es immer einen Unterschied gemacht, nicht zwei sondern ein X-Chromosom zu haben.

Die Geschichten sind mit eher kleineren dramaturgischen Veränderungen sehr nah an dem, was ich erlebt habe. Wobei einzelne Aspekte auch von dem inspiriert sein können, was

ich von anderen gehört habe.
Darum ist das auch kein Buch über Inter* im allgemeinen – mir ist klar, dass viele noch ganz andere Narben haben.
Sicherlich habe ich auch genau deshalb die Energie, gerade an dieser Stelle zu kämpfen – weil ich ansonsten privilegiert bin, weil meine Geschichte auch eine ist, die in der *weißen* Mittelschicht beginnt.
Vor allem ist das hier kein weiteres Theoriebuch.
Es geht nicht um die Meinung von irgendwelchen Psycholog*innen/Biolog*innen und auch nicht um Gendertheorie – obwohl sicher einige Theoriekonzepte eine Rolle spielen.
Es soll hier aber auch nicht nur um mich gehen. Zuallererst geht es darum, zu leben und zu überleben – außerhalb der Kategorien Frau oder Mann.

Ganz vielen Dank an alle, die mich unterstützt haben. Die zugehört haben, die da waren, die motiviert haben.
Danke an die, die mit mir kämpfen – in Politgruppen, im Alltag im Leben.
Danke an die, die mich als erste ermutigt haben, die Texte zu teilen.
Ich hoffe ihr wisst, wenn ihr gemeint seid.

Danke an alle Inter*/Trans*, die irgendwo auf diesem Planeten der Männer* und Frauen* für ihr Recht auf Geschlecht kämpfen und gekämpft haben – eurem mutigen Widerstand ist es zu verdanken, dass ich heute eine Stimme habe.

Ich versuche, in diesem Buch eine Sprache zu nutzen, die viele verstehen – was sicher nicht immer klappt, darum gibt es am Ende ein paar Erklärungen.

Jetzt wünsche ich euch eine gute Reise an und über Geschlechtergrenzen mit diesem
privat-politischen Tagebuch.

Stay queer, stay rebel!

Spiegelreflex

Wer bin ich?

Spiegel sagt „Ah“ Kopf sagt „Oh“
Oder so
Bin ich, darf ich, Kann ich?
Nein! Nein! Nein!
Das soll nicht sein
Wahre den Schein
Kein Bild dafür, davor,
Vorbild verzweifelt gesucht
mich selber verflucht
Kein Wort
Kein Ort
Zu finden
Kann ich Leere füllen?
Grenzen überwinden
Körper und Geist
neu verbinden?
Womit – wohin
Soll ich gehen?
Wegweiser
Ist nicht zu sehen
Angst und Scham
Machen so lahm
Und zahm
Erstmal versteckt
Mit Masken bedeckt
Maske gibt Schutz
Doch verhindert Kontakt
Nur ohne Maske
Ist irgendwie nackt

Hermaphrodit

Was bist du?
Ich bin ein Tabu!
Und doch Mensch.
Was sagst du jetzt dazu?

Hermaphrodit, Zwitter,
Klang meiner Namen,
schmeckt noch immer bitter.
Wir sind schon als Kind
Verboten, ignoriert,verletzt.
Stolz ist zerfetzt.

Doch wir sind Fakt.
Wir machen uns nackt.
denn auch wir,
sind genau wie ihr,
schön anzuschauen,
ihr müsst euch nur trauen,

Hören nicht auf zu kämpfen für unser Recht,
auf unsere Definition von Geschlecht
Du glaubst dich betrifft es nicht?

Die Ausnahme bin vielleicht ich,
doch auch dich,
schränken diese Normen ein,
hast sie gelernt da warst du noch klein,
glaubst du nicht,
du könntest freier sein?

Mal geschminkt , mal rasiert,
dann wieder nicht,
was hindert dich?
Boxen und Ballett,
wild und adrett,
so wie es grad passt für dich
und nicht
wie es andere erwarten,
die sollen sich kümmern
um ihren eigenen Garten.

Wie, das ist hässlich,
so mit Brust, Bart und Kleid?
Komm sei ehrlich,
das sagst du nur aus Neid!

Im Spiegel

Spieglein, Spieglein an der Wand,
Wer ist der nutzloseste Nutzgegenstand?

Hast mich in so manchen Wahn getrieben,
Hab geweint und geschrien,
Mir die Augen gerieben,
Aber du bist immer derselbe geblieben.

Spieglein, Spieglein an der Wand,
Wer ist das oberflächlichste Arschloch im ganzen Land?

Aus Wut, wurde Blut,
Konnt‘s nicht mehr ertragen,
hab dich einfach zerschlagen,
doch Rot stand mir nicht gut,
und blind vor Wut konnt ich ganz klar sehen,
im Grunde ist nichts geschehen.
Will nicht länger leiden,
Selber entscheiden,
Frei von dem was andere sagen und denken,
Hab ich mich, dich
Schöner dekoriert,
Bald gar völlig trans*formiert,

Spieglein, Spieglein,
An der Wand,
Sind wir am Ende gar verwandt?

Und ich begann mir zu sagen,
Was hilft all das Klagen,
Irgendwann,
Da lachte ich dich einfach an,
Lächeln stand mir wirklich besser
Und ich begrub sogar,
Wie wunderbar,
Mein altes Messer.
Werd dich niemals lieben,
Aber immerhin ist jetzt Frieden,
Und manchmal wenn ich in den Spiegel seh,
Denk ich heute,
Ist doch ganz ok.

Spieglein, Spieglein,
An der Wand,

Ich habe mich in dir erkannt.

Flashbacks

Händchenhalten

In der Schule

INGO	Ist hier noch frei?
LENA	Ja, schon. Wie heißt du überhaupt? Ich bin Lena.
INGO	Ach so – Ich bin – Ingo. Ich bin neu hier.
LENA	Das seh ich.
LEHRERIN	Ruhe dahinten – Lena und – Inga!
LENA	Du hast ja gelogen. Du bist doof – Inga.
INGO	Psst … die Lehrerin … Nein, ich hab nicht gelogen. Die denken nur alle, ich wär ein Mädchen. Aber ich bin doch Ingo.
LENA	Oh, achso, tut mir leid. Is ok – Ingo. Ich sags auch nicht weiter. Kann ich was von dem Brot? Bei uns ist der Kühlschrank grad ziemlich leer.
INGO	Klar, morgen bring ich zwei mit.
LEHRERIN	RUHE!
LENA	Weißt du, was wir machen sollen?
INGO	Das ist langweilig, wir sollen Schreibschrift üben – sieht immer hässlich aus bei mir.
LENA	Komm, ich schreib das für dich. Meine Mutter sagt, ich soll mir keinen Stress machen, ich würde eh nur Sozialhilfe kriegen, aber ich mag Schule – also außer die andern.

INGO Was ist das, Sozialhilfe?

LENA Na, wenn du immer nur zu Hause rumsitzt. Aber ich werd Sängerin. Kannst du im Stehen pinkeln?

INGO Nein, aber …

LENA Du könntest dich sogar richtig umoperieren lassen. Hab ich im Fernsehen gesehen.

INGO Echt? Ich darf kein Fernsehen. Aber … gruselig.

LENA Magst du Singen?

INGO Singen? Wie … nee, kann ich nicht!

LENA Bitte! Ich bring dir das bei. Nachher.

INGO Na gut.

LENA Ich brauch noch wen, der Oli P singt, dann bin ich Blümchen. Verstehst du? Der blöde Tom wollte nicht.

INGO Wer ist Tom?

LENA Egal. Du Ingo – ich glaub ich …

INGO Komm, die Stunde ist vorbei.

LENA Oh. Kann ich mit zu dir? Mein kleiner Bruder schreit grad so viel.

INGO Klar – Mama sagt, ich soll mal mit Mädchen spielen.

LENA Ich mag dich.

INGO Ähm – lass uns gehen.

Auf dem Heimweg

TOM Hey, Inga – pass auf, wenn du zur Lena gehst, da ist überall Ungeziefer.

LENA Hau ab!

TOM Oh, wie süß! Ist die Lena verliebt? Aber die Inga ist krank – die hat Paul gesagt, sie wär Ingo. *lacht*

Ingo schubst den Jungen zur Seite, der fällt in einen Graben. Lena und Ingo lachen.

INGO So ein Arsch. War das Tom?

LENA Ja, stimmt.
Hast du überhaupt Musik zu Hause?

INGO Klar – die Prinzen.

LENA Nein, coole Musik!

INGO Pff – meine Schwester hat eine Bravo-Hits.

LENA Das ist cool … ähm … darf ich deine Hand halten?

Schulhof

Eigentlich war ich schon Queer,
bevor ich wusste,
was das heißt.
Nicht so wie:
Haha, Erste*r!
Eher wie:
Häh?

Schon zu Schulzeiten hat meine Genderperformance
viele überfordert.
Vor allem mich selbst.

Da wurde ich gleichzeitig gerne mal von der „Mädchentoilette"
weggeschickt,
war aber für den Fußballtrainer
„Nur das Mädchen".
Also prinzipiell unfähig,
einen Ball zu bewegen.

Da waren die, die mich als ihren Kumpel verstanden,
und die, die mich Kampflesbe oder Zwitter nannten.
Und auch mal schlugen.

Da waren die, die in mir den Jungen sahen
und nur genau das mochten,
die, die mich verändern wollten,
und die, die mir sagten,
das sei doch krank und pervers.
„Das" meint in diesem Fall mich.

Queer, eben.

Da waren Lehrer*innen,
die mir was von Störung erzählten,
andere, die mich bewunderten für meinen Mut.
Hm. Ich dachte, Mut wäre es,
eine Wahl zu treffen.
Trotz Risiken.

Nur wo hab ich bitte gewählt?
Saß nicht in irgendeinem bescheuerten Himmel
und hab irgendwem gesagt:
Ich möchte aber bitte unbedingt als Hermaphrodit zur Welt
kommen, weil die Welt dann so nett zu mir ist.

Wem also soll ich glauben?
Der Liebe, dem Hass?
Fremdzuschreibung,
oder am Ende gar mir selbst?

Und wer mir jetzt noch einmal,
„den kleinen Unterschied“ erklären will,
hat bald einen „kleinen Unterschied“
in der Nase.

Das ist alles viel zu präsent,
in jedem Moment,
soll mich entscheiden,
zwischen Pink und Blau,
dabei weiß ich genau,
dass ich Chamäleon bin.
Nur wohin?

Das macht klein, das schränkt ein,
verdammte Scheiße ja.
Das ist Terror.
Genderterror.

Alles Arbeit

Ich habe einen 24 Stunden Job,
als Hermaphrodit und Gendererklärbär*in.
Ich bin quasi Frontsoldat*in
im Kampf mit dem Zweigeschlechtersystem.

Leider sind das keine staatlich anerkannten Berufe.
Deswegen habe ich einen Zweitjob.
Ich wurde mal gefragt,

wie das so ist,
ob die Jobs miteinander vereinbar sind.

Wie das so ist?
„Arbeit nervt",
war die kurze Antwort,
dieser Text ist auch eine Antwort.

Manchmal bin ich unsichtbar und schwach.

Wenn wer sagt:
„Naja, du musst dich entscheiden, Mann oder Frau –
was dazwischen gibt es ja nicht. HaHa."
Wenn der Chef meint,
ich könne doch froh sein,
dass ich da arbeiten darf – so wie ich bin.
Und die Kollegin stolz erklärt, sie hätte darüber nachgedacht –
und Gott würde mich doch lieben wie ich bin.
Wenn die Kids jemanden als „Schwuchtel" beschimpfen.

Und ich schweige.
Weil ich schon so oft was gesagt hab.
Und einfach grad nicht mehr kann.
Manchmal bin ich plötzlich sichtbar und stark.

Wenn die Kids fragen:
„Junge oder Mädchen?“
Und ich antworte „Nein.“
Wenn die Jugendlichen mich fragen,
ob ich in dem Film ihre Drag Queen bin.
Und ich nur noch lache.

Oft habe ich kein Passing.

Wenn der Kollege am zweiten Tag fragt:
„Was ist eigentlich dein richtiger Name?“
„Oh, hallo, danke mir geht es auch gut – und mein Name ist mein Name.“
Oder wenn ich am Telefon plötzlich Frau werde.

Manchmal habe ich unerwartetes Passing.

Wenn der Postbote meint:
„Für den jungen Herrn … die junge Dame …
Tschuldigung –
Sie nehmen das nicht so eng mit dem Geschlecht, oder?“

Und dann gibt es noch dieses Passing das ich nie wollte:

Wenn ein Kollege ankommt
und mit mir über „Frauen“ lästern will.
Äh – NEIN.

Umkehrschluss

*Im Land der Hermaphroditen geht eine Frau zum*zur Ärzt*in. Die*der Ärzt*in ist – wie die meisten hier – Hermaphrodit. Die Frau – nun ja, die wäre gerne einfach Frau.*

ÄRZT*IN Ja, hallo, was haben Sie denn für ein Problem, wie kann ich helfen?

FRAU Also ich bin ja eigentlich, na ja, unvollständig geboren. Eingeschlechtlich – um genau zu sein.

ÄRZT*IN Also so wirklich „eingeschlechtlich", das gibt es ja gar nicht … aber gut, Ihnen fehlt da was, ich verstehe.

FRAU Ich wurde dann behandelt, so dass ich beide Geschlechter in mir trage.
Da hat kein Mensch gefragt. Dabei ist das ja mein Körper.

ÄRZT*IN Ich verstehe, aber die wollten ja nur das Beste für Sie.
Ist ja nicht leicht, in dieser Gesellschaft so geschlechterbeschränkt zu leben. Da hätten Sie sicher viel abbekommen.

FRAU Ach, die Leute haben das ja sowieso bemerkt.
Ich bin halt … na ja … Genderbeschränkt – wie sie sagen würden.

ÄRZT*IN Wurden Sie dazu erzogen? Ist das der Grund?

FRAU Nein, im Gegenteil – meine Eltern wollten immer verhindern, dass meine Performance so eindeutig ist.War ihnen peinlich vor den Nachbar*innen und so.
Haben ständig an meiner Kleidung gemeckert, und auch mein Verhalten war immer zu feminin, die haben sich große Mühe gegeben, mich anzupassen.
Hat nur nicht wirklich geklappt.
Ich bin eben einfach „Genderbeschränkt".

Ärzt*in — Ja, sehr spannend, wie war das denn mit der Sexualität? Sind sie da auch so beschränkt?

Frau — Das ist doch jetzt egal, also die Sache ist …
Ich möchte in meinen eindeutigen Körper zurück.

Ärzt*in — „Eindeutig“ – interessanter Name dafür. Sie wollen also einseitig leben.
Und brauchen da jetzt ein Gutachten von mir.
Also Genderbeschränkt. Ach ich hatte schon ein paar Genderbeschränkte hier bei mir.
Also nie welche, die das von Geburt hatten, aber heutzutage ist das kein Problem mehr.
Ich mein früher … puh … da hatten die echt Probleme – Verfolgung, Prostitution –
Heute kriegen Sie ja sogar einen Job mit Kundenkontakt.

Frau — Soll ich mich jetzt dafür bedanken? Ich mein, ganz ehrlich – „beschränkt“ ist doch eher negativ besetzt. Und ich meine … blöd genug, dass jetzt wieder wer anders entscheidet, ob MEIN Körper so sein kann, wie ich ihn gut finde.

Ärzt*in — Naja, aber Sie sind sich sicher?
Das ist nicht nur eine Phase?
Wenn Sie wieder zurück wollen, hab ich sonst den Ärger!
Wie ist das denn jetzt mit der Sexualität? Erzählen Sie mal.
Wollen Sie nicht darüber reden, ich seh schon.
Und in Ihrer Kindheit?
Also wann haben Sie gemerkt, dass Sie anders sind?
Sie könnten nicht doch irgendwann zu beiden Gender in Ihnen stehen?
Ich muss das fragen.
Sie sagen ja gar nichts mehr. Ich glaube, Sie sind wirklich „Genderbeschränkt“.

Sexistische Kackscheiße

Mensch noch ganz klein,
Schon presst ihr Mensch rein,
in dieses kranke Schema,
Mann oder Frau.

Ich weiß nicht genau,
nein, das lasst ihr nicht gelten.
Da wird interveniert,
zur Not operiert,
damit ihr nicht eure Ordnung verliert.
Segregation im Laden, auch auf dem Klo,
beim Sport sowieso.
Kein Raum für Grau,
ihr wollts lieber ungenau.

Werd mich nie in diese Schema pressen,
könnt ihr voll vergessen.
Ist euer Hirn zu klein
um mich zu verstehen?
Dann könnt ihr ja gehen,
aber das ist doch nicht mein Problem,
wenn ihr euch sofort bepisst,
nur weil irgendjemand anders ist.

„Unnatürlich“ werd ich genannt.
Habt ihr nicht erkannt?
Die Natur gibt viel mehr her
als Mann oder Frau.

Wie, was?
Ja, ganz genau!
Ist doch klar eigentlich, sonst gäbs mich ja nicht.
Doch ich bin wie ich bin und nicht zu verbiegen,
also lasst mich in Frieden.

Psychologie und Medizin,
ich hab euch noch nicht verziehen.
Ihr habt mir das Recht genommen, selber zu entscheiden.
Könnt ihr den nicht sehen, dass da Menschen drunter leiden?
Und alle, die mir sagen, dass ich nicht existier:
Hört doch einfach einmal zu,
immerhin bin ich ja hier.

Nur weil meine Körperformen eure Normen
irritieren,
ist das kein Grund, mich zu pathologisieren.
Und auch wenn ihr das nicht versteht,
braucht ihr mich nicht zu
therapieren.

Werde meinen Körper ab jetzt nur noch selber definieren.

Genetisch Defekt

„Oh-oh, das sieht aber gar nicht gut aus. Also – puh … nein – das ist nicht nur irgendwas. Das, das ist wahrscheinlich ein richtiger genetischer Defekt."
So sprach die Frauenärztin – zu meiner verwirrten bis überforderten Mutter.
Denn ihr „das" meint in diesem Fall mich.

Die Medizin nennt Menschen wie mich – mit genau einem X-Chromosom – „Frauen mit Turner-Syndrom".
Ich nenne mich Hermaphrodit.
Aber lange wollte ich nichts davon wissen.

Nach der netten Erklärung durch die Ärztin, hat mich als nächstes mein Biobuch erschreckt.
Neben einem hässlichen Bild stand dort über Menschen wie mich, wir seien weniger intelligent.
Ich war immerhin intelligent genug, mir das nicht vor der ganzen Klasse anzuhören.
Ich war auch intelligent genug, dann das Internet zu befragen.
Nur mit der Antwort war ich – wieder – nicht zufrieden.

Die Internet-Selbsthilfe-Seite behauptet:
„Du bist mehr als die Summe deiner Gene – nämlich eigentlich – eine Frau wie jede andere." Aha.
Nur ich – also persönlich – war das nie.

Weil die andern es nicht toll fanden, hätt ich es vielleicht nicht so gesagt, aber eigentlich hab ich mich gefreut – über meine tiefe Stimme, mein breites Kreuz und die flache Brust.
Ich hab auch, ganz ehrlich, wirklich nicht meine Tage vermisst.
Nur wie gesagt – ich war jung und brauchte die Anerkennung.

Und überhaupt.
Ärzt*innen sind doch die Guten, wollen nur dein Bestes und so.
Also hab ich die Pillen geschluckt, die mich normal machen sollten.
Auch wenn sich der Körper in genau die Richtung verändert hat, die ich nicht wollte.
Ich dachte: Okay.
Jetzt – mit Pille – vielleicht kann ich ja all das werden, was die Welt von mir erwartet.
Ich war ehrlich bemüht. Nur nicht erfolgreich.

Aber hier und heute ist definitiv Schluss damit – noch einmal ganz offiziell –
I DON`T GIVE A SHIT!
Nein, nein, nein.
In eure engen Kästchen will ich gar nicht rein. Ich bin und war anders – und das auch noch mit Stolz.

Sie haben Post

Hallo, Du – Mensch, den ich schon lange nicht mehr gesehen habe.

Du würdest mich gerne mal wieder sehen – vielleicht würde ich das auch.
Dank einiger anderer Wiedersehen bin ich aber zu dem Entschluss gekommen, dass es besser wäre, dir vorher zu schreiben.
Also gibt's hier – tadada! – quasi eine Gebrauchsanleitung – für dich – für mich. Ist das nicht toll und unglaublich nett von mir?

Wie dir diverse Klatschquellen sicher mitgeteilt haben, trage ich einen neuen Vornamen, ein neues Pronomen und ein paar neue Haare im Gesicht.
Falls die stille Post versagt hat, jetzt noch mal ganz offiziell: Ich heiße Vanja und werde mit Er_Sie angesprochen.
Im allgemeinen heißt sowas dann Transition – im speziellen bin ich immer noch ich.
Hier ein paar Tipps zur Begrüßung:
Schön wäre: „Hallo – toll dich wiederzusehen!"
Weniger schön wäre: Eine laute Begrüßung mit dem alten Vornamen.
Schön wäre: Sich umarmen.
Weniger schön wäre: Ungefragt an meinem Bart ziehen.

So viel also zum Anfang. Nach einer Begrüßung beginnt in der Regel ein Gespräch.
Gute Gesprächsthemen wären:
- Essen
- Musik
- meine und deine Hobbys
- schöne Bücher

Vielleicht auch ein vorsichtiges Nachfragen – wie es mir geht mit den Veränderungen.

Weniger gute Gesprächsthemen:
- letzter gescheiterter Penisaufbau in einer Doku bei RTL2
- Balian Buschbaum
- Boys don`t cry

(Ich frage dann auch nicht nach Desperate Housewives und Heidi Klum – um mehr über dich als Cis-Frau zu erfahren.)
Nur um auf Nummer sicher zu gehen – auch noch ein paar Sätze die ich NICHT hören möchte:

„Also, ich würd mich das ja nie trauen – du bist echt krass."
Oder
„Also ich werd dich immer als Mädchen sehen."
Oder
„Kannst du dann im Stehen pinkeln?"
Oder
„Oh Gott, wie war das denn für deine Familie?"

In der Hoffnung auf ein gutes Wiedersehen –
mit freundlichen Grüßen,
Vanja

Genderwahn @ Alltag

Schubladen

„Hallo, ähm Entschuldigung, aber darf ich da rein?“

„Wie, du willst hier rein? Dein Fuß ist zu klein, und keine Ohrringe. Nein nein, das geht nicht.
Aber hier links von mir, da würde das Lachen doch passen. Probier das mal.“

„Ja, Guten Tag, ich bin Marek, und ich wollte fragen …“

„Nein Nein, ehrlich, also Namen mit M, das geht ja gaaaar nicht. Komm hau ab. Du, weiter oben, die fliegen auf solche wie dich, haha. Nur hier, nee, hier nicht.“

„Tschuldige die Störung, ich wollt nur mal fragen, ob ich vielleicht theoretisch, also wenn das okay ist, hier rein passen dürfte. Du weißt schon, zu euch.“

„Du bist zu leise. Und diese Handbewegung. Ich weiß nicht. Also, das müssten wir erstmal diskutieren, was die anderen darüber denken. Glaube nicht, dass das geht. Hey, ich bin gleich wieder da.“

…

„Nee, sorry, ganz eindeutig, zweideutig: NEIN. Du kommst hier nicht rein. Aber mal so ganz unter uns – was willst du hier eigentlich? Von hier bist du nicht! Und, hey, wenn ich dir nen Tipp geben darf: Schubladen sind doch eh total 2009, bleib draußen, in der Freiheit! Scheiße, wenn ich draußen wär, ich wär so glücklich, ich würd glatt meinen iPod verschenken. Ehrlich, ich will raus.“

Und worauf wartest du?

Socken

Ich fand shoppen schon immer scheiße.
Ich könnte jetzt sagen, dass ich auch als Kind Konsum kritisch reflektiert habe.
Das wär aber leider gelogen.

Mein Problem mit C&A und H&M war damals ein ganz anderes. Zum einen sind deren Maße definitiv nicht für Menschen wie mich gemacht. Hosen zu lang, T-Shirts zu eng, so war das meistens.
Aber vor allem sind deren Läden nach Geschlechtern getrennt. Irgendwie habe ich in der sogenannten „Frauenabteilung" selten etwas gefunden, das ich mochte. In der „Männerabteilung" wurde ich dann von überengagierten Verkaufenden in die „Frauenabteilung" verwiesen, wo es doch viel schönere, passendere Sachen für mich gäbe. Danke, ich weiß, was ich suche, und kaufe, was ich will. Am Ende muss ja auch ich damit rumlaufen.

Heute ist es wieder soweit. Auch der Umsonstladen kann mich diesmal nicht retten. Ich brauche Socken.
Keine Ahnung, was die Waschmaschine mit denen macht, aber irgendwie sind fast alle weg.

Ich mache mich also auf den Weg zum Einkaufen. Schicke mein Gewissen in Kurzurlaub, um nicht an Kinderarbeit zu denken, und geh in den Laden. Ich schau mich um und bin von so viel Ware verwirrt und überfordert.

Da werde ich prompt von einer*einem Verkäufer*in angesprochen:
„Entschuldigung, kann ich helfen?"
„Ich suche Socken." Sie*Er setzt zu einer Antwort an, stockt und beginnt mich genauer zu mustern.
Schließlich fragt sie*er unsicher: „Männer- oder Frauenabteilung?"
Ich bin jetzt völlig überfragt und bringe nur ein: „Äh … keine Ahnung, egal." zustande.
Immerhin, sie*er lacht und erklärt mir freundlich den Weg zu beiden – verschiedenen – Sockenregalen.

Trotzdem denke ich mir:
Verdammt, es sind Socken.
Sind nicht wenigstens die Genderneutral?
Aber nein, wo kämen wir denn da hin, sicher sind die einen rosa und die anderen blau, damit auch alle wissen, wo ihr Platz ist.

U-Bahn

War ein langer Tag – viel geredet, viel gelacht.
Leider auch viel Arbeit.
Bin müde, freue mich auf mein Bett.

Die Linie 1 wartet auf mich.
Steig schnell ein.
Es macht kurz klack – Türen zu –
und wir fahren los.
Ich döse so friedlich vor mich hin,
im Innern zieht der Tag nochmal
an mir vorbei –
schau nach draußen auf die Lichter der Stadt,
der Dom, es geht rüber auf die andere Seite des Rheins.
Schneller als gedacht höre ich den Namen
„Meiner" Station –
steh auf und geh nach draußen.

Mit mir drei angetrunkene „Männer".
Die hab ich gar nicht bemerkt – vorher.
Sie mich wohl auch eher nicht.
Doch jetzt fangen sie an zu gucken
und lachen.

Ich könnte mir jetzt auf die Schulter klopfen,
für mein Talent, Menschen auch ohne irgendetwas zu tun
zum Lachen zu bringen.

Aber das ist kein freundliches Lachen.
Und sie sind zu dritt.
Ich bin alleine.
Dafür drei Köpfe kleiner.
Es ist dunkel.
Und leer hier.
Fällt mir plötzlich auf.

Und ich gehe schneller.
Sie auch.
Puls steigt.

Dann brüllt wer:
„Ey, Schwanz oder Muschi?“
Und ich renne weg.

Sie sind zum Glück zu faul hinterher zu kommen.
Doch zuhause – bin ich immer noch am Zittern.

Und wünsche mir, nicht zum ersten Mal,
eine Quantifa.
Also Queer-Antifa.
Merkt‘s euch:
LETZTE WARNUNG!
Sonst kommt der Pinke Block.

Schuhgröße

Ich sitze in meinem Zimmer, mit einem gelben alten Zollstock. Und einem blauen Maßband. Und einem neuen roten Zollstock.
Ich messe wohl zum x-ten Mal die Größe meiner Füße.
Meiner Füße, die es eigentlich gar nicht gibt.
Nicht geben darf.
Sie sind genau 40 cm lang. 40 cm, 0 mm. Ganz genau.
Und genau das – ist das Problem.
Werfe den Zollstock weg – der zweite zeigt mir das gleiche.
Wie immer. Da kann ich auch noch 100 Mal messen.
In meinem Pass steht, ich sei ein Zwerg.
Dabei gilt das nur bei Füßen BIS 40 cm.
Manchmal bin ich auch Riese.
Dabei gilt das nur AB 40 cm.
Niemand hat sich je gefragt, was passiert, wenn es ganz genau 40 cm sind.
Manchmal träume ich, meine Füße würden noch wachsen.
Oder schrumpfen.
Nur – das passiert nicht. Nichtmal, wenn ich sie in viel zu kleine Schuhe quetsche.
Ich bin heute zum Sport verabredet – also los.
Gespielt wird: Fußball, natürlich.
Komme zur Halle und bleibe vor den Umkleiden erstmal stehen.
Gehe widerwillig in die für Zwerge.

Es ist voll und laut – ich werde trotzdem bemerkt. Sofort.
Zwerg meint: „Ey, raus hier – das sind doch Riesenfüße. Hau ab. Spanner*."
Seine Füße sind wahrscheinlich nur 37cm groß. Jetzt versteckt er die schnell vor mir.
Zeige genervt meinen Ausweis und darf bleiben.
Gespielt wird heute gemischt – zum Glück –, sonst wär ich wohl gar nicht da.
Alle haben große Spaß. Und auf dem Rückweg, da geh ich dann – mutig – in die Riesenumkleide.
Werde sofort mit Gelächter begrüßt: „Größenwahnsinnig?", lacht irgendwer.
Ich schweige.
In meinem Kopf aber dreht sich alles im Kreis.
Wer, verdammt, hat das wann entschieden, das grad die Füße so scheiß wichtig sind?
WARUM interessieren niemanden … meine Augen?
Einmal Fuß vermessen – zack –
ist die Sache gegessen.
Riese/Zwerg – du hast den Stempel.
Nur, wenn alle einen Stempel haben, warum gibt es dann keinen für mich?

Blicke

Ich brauche Grundnahrung.
Also Nikotin, Koffein und Zucker.
Gehe zum Kiosk,
finde was ich suche,
und grüße die*den Verkaufende*n
mit einem freundlichen „Hallo".
Werde noch freundlich zurück gegrüßt,
und dann, dann spüre ich diesen Blick,
der mich auszieht
und sprachlos macht.
Wandert über Gesichtszüge, Bartschatten,
zu der im weiten Pulli versteckten Brust
und dann runter zu meiner Hose.
Die natürlich auch zu weit ist.
Und ich sehe, wie es rattert hinter seiner*ihrer Stirn.
Was ist das, Mann oder Frau?
Was hat es da unten, zwischen den Beinen?
Wie hat es damit wohl Sex?
Sehe diesen Film vor ihren*seinen Augen.
Einen Porno, der nicht gefällt.
Sein*Ihr Ekel, Meine Scham
Und ich fühle mich so – reduziert.
Verdammt, ich bin doch ein Mensch.
Mit Verstand und Gefühl, wie alle anderen auch.
Warum interessiert dann nur, was ich in meiner Hose habe?
Oder nicht habe.
Und ich würde am liebsten nie wieder Sex haben.
Weil ich dann an ihren*seinen Film denken muss.
Oder noch besser – erst gar keinen Körper haben.
Aber manchmal, manchmal will ich auch schön sein.
Nicht für andere.
Am wenigsten für solche wie ihn*sie.
Aber für mich.

Mehr als nur ein Geschlecht

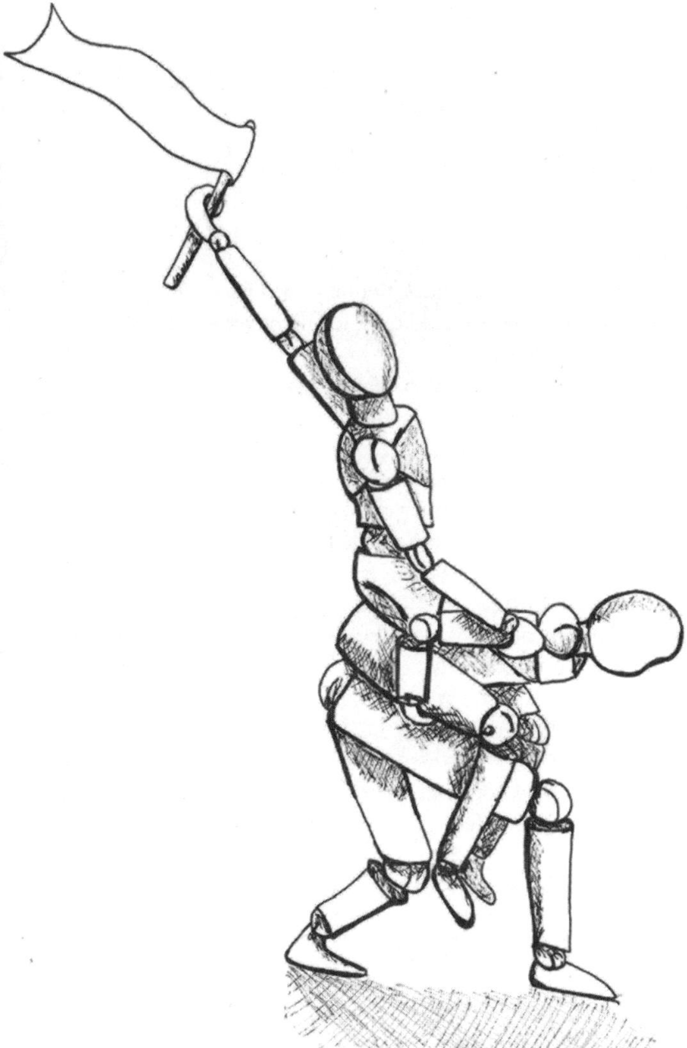

Antennen

War ganz klein, da sind Antennen noch fein.
Hab Dinge gesehen, die konnt ich nicht verstehen,
und sah nicht ein:
Wie können Menschen zu Menschen so scheiße sein?
Das ist doch fies und gemein!

Aber wenn du klein bist,
hast du nichts zu sagen;
es gab keine Antwort auf meine Fragen.
Und weil das Elend so groß ist
und ich so klein,
und um irgendwie
auch irgendwo rein zu passen,
hab ich mich auch ein Stück verbiegen lassen.
Wollte nicht hören, wollte nicht sehen, wollte nicht fühlen.
Weil es weh tut.
Und wer nicht hört und nicht sieht und nicht fühlt,
kann besser schlafen.

Mittlerweile krieg ich zum Glück,
Stück für Stück meine Antennen zurück.
Und es tut immer noch weh.
Zu hören: Stumme Schreie und laute Gewalt.
Zu sehen: Leere Blicke, graue Kälte.
Und zu fühlen: So viel Trauer und Wut.

Aber es ist okay.
Nicht wegen irgendeiner Ehre oder Moral.
Nicht, weil es mich oder irgendwen
zu einem von den Guten macht.
Sondern weil es ehrlicher ist.
Als diese falsche Grinsen, das ich zu gut kenne.
Und ich geh trotzdem,
jeden Tag,
raus in diese Welt voller Scheiße.

Und eigentlich finde ich, dass schon das mutig ist.
Nur, wer glaubt mir das jetzt?
Doch mittlerweile hab ich gelernt,
was ich lange nicht verstanden habe.
Ich bin nicht allein.
Und unsere Schreie sind immer noch Schreie,
aber nicht mehr stumm.
Und manchmal wird das Grau sogar bunt.
Und manchmal können wir uns wirklich sehen.
Ohne Masken.
Und ich glaube nicht, dass wir alles gut machen.
Das wäre vermessen.
Vielleicht nicht einmal besser.
Aber wir leben.
Und probieren und reflektieren.

Und wenn wir scheitern,
dann ist das ok.
Weil wir vielleicht daraus lernen.
Und vielleicht beim nächsten Mal besser scheitern.

Lohnarbeit

Ich bin eigentlich gar nicht faul.
Also nicht wirklich. Mein Sofa wird dann doch immer recht schnell wieder langweilig, obwohl es verdammt gemütlich ist, wenn ich ehrlich bin.
Aber irgendwie war das mit mir und der Lohnarbeit immer so eine Sache. Ich hab es versucht. Ich war jung und brauchte das Geld. Da kommt Mensch auf komische Ideen.
Ich wollte mal in einer Videothek jobben. Filme können ja auch was Schönes sein. Ich hätte vielen Menschen neue Perspektiven zeigen können, gute Filme, politische Filme. Leider wollten die meisten Pornos. Mein leise erwachendes feministisches Bewusstsein hat spontan gestreikt. Fand der Chef nicht so super Und ich war wieder weg.
Ich habe sogar kurzfristig Leute zum Spenden motiviert, auf der Straße, so mit 5 € ist dein Gewissen doch wert. Nun ja, mein eigenes Gewissen ist dann irgendwann aus dem Urlaub zurückgekommen und ich war wieder: Arbeitslos. Doofes Gewissen.
Ich habe auch Freizeit-Betreuung mit und für einen Autisten gemacht. Von allen definitiv der beste Job. Wir haben uns super verstanden. Waren im Wald spazieren; Manuel, der drei Köpfe größer ist als ich, hat meine Hand gehalten. Wir haben Blätter gesammelt und ich habe gelernt, ohne Worte zu kommunizieren. Leider ist so eine Einzelbetreuung „Luxus". Das heißt, die Einrichtung konnte sich das nicht mehr leisten. Außerdem bin ich umgezogen. Mal wieder ohne Job.
Meine Eltern haben ein besseres Verhältnis zur Lohnarbeit. Schade für Sie. Gut für mich. Das ermöglicht, immerhin, ein ziemlich arbeitsfreies Studium.
Aber eigentlich habe ich auch echt schon ein paar sinnvolle Dinge getan in meinem Leben.
Theater, Schreiben, Politisches, Workshops. Nur dafür gab es irgendwie nie Geld. Komisch.
Wisst ihr, Lohnarbeit und ich – das passt einfach nicht.
Wecker sind auch wirklich ungesund, so auf Dauer.

Wohnungssuche

Winter in Deutschland. Es ist kalt. Ich suche ein Dach über dem Kopf.
Schwieriger als sich das anhört. Mein Problem ist diese Lücke. Diese Lücke auf dem Wohnungsmarkt. Und die mindestens genauso große Lücke zwischen Anspruch und Wirklichkeit.

Anspruch:
Guten Tag, Ich bin eine Kleinfamilie. Mutter, Vater, Kind. Akademiker, selbstverständlich. Vater bringt das Geld, Mutter die Ordnung und ein bisschen Wärme, aber nicht zu viel.
Die Arbeit ist sicher – wir kommen um zu bleiben.
Ich würde nie: Rauchen, Feiern, mich beschweren, laut sein, die Nachbarn verachten, oder, noch schlimmer, mich mit ihnen solidarisieren. Auch Nebenkosten in Frage zu stellen liegt mir fern. Miete zahle ich – natürlich – immer eine Woche im Voraus um auf Nummer sicher zu gehen.
Oh, naja, ist mir ein bisschen unangenehm, das so zu betonen, aber im Übrigen bin ich deutsch. Meine Eltern und Großeltern auch.

Wirklichkeit?
Mein Nachname klingt verdächtig nach Ausland, mein Konto ist auffällig leer, und ja verdammt, wenn ihr es wirklich wissen wollt: Ich bin mindestens so chaotisch wie meine Frisur, habe keinen Plan, ob ich in ‚nem halben Jahr noch hier bin, und keine Lust auf Arbeit. Und ich werde mich wehren, wenn ihr Scheiße baut.
Und im Übrigen bin ich Queer Hermaphrodit, Trans. Mein Perso lügt. Wie ihr seht. Aber da seid ihr sicher tolerant, oder?
Und weil ihr das ja sowieso schon glaubt, kann ich eure Klischees auch gerne übererfüllen: Ja verdammt, es wird eine Einweihungsparty geben.
Mit Linksradikalen auf Drogen. Oder so ähnlich.

Und wer gibt mir jetzt ‚ne Wohnung?

Bad Religion

Immer schlucken, nie spucken,
tiefer bücken, auf die Knie,
vor göttlicher Hierarchie.
Zweifel an dir, nie an der Macht,
brav genügsam, mach dich klein.
Dafür sind die Tempel ja groß,
auf das du bloß
nie an dich selber glaubst,
eignen Werten statt der Moral von andern vertraust.
Wichtig auch immer, erhobner Zeigefinger:
Kritisieren, moralisieren. Genuss und Freude,
die sind Tabu, ja die stören die ewige Ruh.
Ist doch gewiss alles gut wie es is‘
und gottgewollt, lass dich lenken – selber denken?
Kommt in die Hölle! Doch wer immer Ja und Amen sagt,
keine kritischen Fragen fragt, dem ist der Himmel gewiss.
Erfüllung hier und jetz‘
wär gegen göttliches Gesetz.
Das ist für die Heiden,
wir wollen lieber leiden.
Leiden und Warten,
dafür gibt‘s doch Belohnung
in Gottes Garten.

Ode an Eichen

Siehst den Wald vor lauter Bäumen nicht,
doch ich warne dich:
Fröhliche Fahnen, beschränkte Bahnen –
Alles nur Spaß und Spiel? Ich interpretier‘ da zu viel?
Und überhaupt, wer hat mir das erlaubt?

Dieser arme Baum
ist nur Baum.
Gewandelt, gewachsen, gebessert, gefährlich wohl kaum.
Dein Blick ist verwässert,
vernebelt.

Dabei ist und war
völlig klar:
Deutsche Eichen wurzeln auf Leichen.

Kann nur erhellen,
endlich zu fällen.
Kein Fall ohne Knall.
Was stört dich der Schall?

Ordnungsamt

Die Sonne scheint, und sogar mein oft graues Gemüt hat einen Regenbogenschimmer.
Kioskbesitzer*innen stellen Stuhl und Tisch auf den Bürgersteig, sitzen in der Sonne und unterhalten sich.
Fast wie Leben.

Aber vor mir gehen zwei ältere Kartoffeln die Straße lang und offensichtlich sind ihnen die anderen zu fröhlich oder zu gut gelaunt.
Vielleicht auch nicht biodeutsch genug.
Ich lausche dem Gespräch und verliere meine Worte. Irgendwie hilft dann auch keine Sonne mehr. Denn das Gespräch geht ungefähr so:

„Also – dürfen die das?"
„Nee – die, die können doch nicht einfach die Stühle rausstellen. So geht das nicht. Außengastronomie ist das."
„Eine Lizenz, eine Lizenz brauchen die!"
„Genau, ja, da müsste eigentlich mal das Ordnungsamt vorbei."

Ich überlege kurz, ob ich lieber lache oder weine, und gucke die Kioskbesitzer*innen an, die zum Glück nichts gehört haben, und werde zynisch:

„Jaaa, genau! Recht haben Sie! Gut, dass so was noch jemanden interessiert!
Einfach die Sonne genießen, am helllichten Tag!
Und jung sind die auch noch!
Haben die nichts zu tun? Arbeiten, arbeiten, müssen die.
Dafür zahl ich Steuern?
Ordnungsamt?
Ach, die sind doch zu lasch, Polizei braucht es da, oder Militär!
Wo kommen wir denn da hin, wenn das alle machen würden – Spaß haben???"

Na das hat die Kartoffeln zumindest zum Schweigen gebracht.

Seifenblasen

Keine Schmetterlinge

Irgendwo da oben in mir drin ist eine Maschine.
Über 20 Jahre alt und schlecht geölt.
Sie rattert und rattert und quietscht.
Ich denke, also bin ich.

Aber da gibt es auch diese rote Pumpe weiter unten.
Ka Bum Ka Bum Ka Bum.
Computer says no,
aber die Pumpe macht weiter.
Und ich träum schon
von einem Rosa-Perlen-Glücksbad.

Doch dann wird alles anders.
Denn Pumpe und Maschine arbeiten gegeneinander:
Ratter Quietsch, Ka Bum Ratter,
Computer Fucked Up.
Und ich befinde mich plötzlich im Bürgerkrieg.

Die Regierungstruppen der Vernunft
harren aus im kalten Norden.
Aber aus dem warmen Süden
werden sie von den roten Rebellen
rücksichtslos mit Amors Pfeilen beschossen.

Wolke 7

Gedanken versunken,
mich an Träumen betrunken –
bin ich wirklich
von dieser Welt?
Was ist es, das mich hält?
Sterne funkeln nachts im dunkeln,
Lagerfeuer, knisternde Flamme,
suche Wärme und Licht, doch vertrag beides nicht.
Wie weit kann ich gehen?
Bodenhaftung verloren,
neugeboren.
wieder staunen wie ein Kind.
Bunte Blätter im Wind.
Wolke 7
ist letztlich nur Luft,
schnell verpufft.
Und ist doch auch überall.
Alles Rauch. Alles Schall.
Atmen und essen fast vergessen
vor Liebe und Leben,
und in der Luft
ein Duft von Spaß und Gras
und Feuer und Erde, aus der ich bin,
zu der ich werde.
Bis dahin zählt jede Sekunde,
keine Zeit für Kompromisse,
keine Zeit für ganz okay.
Sicher ist anders, aber was ist schon sicher
und wer will das haben?
Angst komm her,
ich hass dich nicht mehr.
Sei mein Freund.
Zusammen kann uns kein Mensch kriegen.
Zusammen können wir fliegen.

Maskenball

Glatt, sauber, stimmig, so soll es sein,
ein Hoch auf den Schein,
Kanten und Narben, sorgsam versteckt,
von Masken verdeckt.
Lieber lachen und schweigen
als Schwäche zeigen.

Plötzlich ehrlich und offen,
sind die meisten betroffen.
Wie es mir geht? Super, na klar, oder was willst du hören?
Früh gelernt, dass Angst und Trauer nur stören.

Ehrlich ist gefährlich,
drum biegen und brechen wir uns selber zurecht,
schreien ungehört.
Zum laut sein fehlt oft der Mut.
Faust in der Tasche,
kein Platz für die Wut.
Alles schön, alles friedlich, alles gut.
Sagen lachend Danke, wenn wir innerlich weinen,
eng gehalten von inneren Leinen.

Seh kaum Menschen, überall
Monster mit Masken, trauriger Ball.

TraumRaum

Traumraum-Utopie,
viel Phantasie –
ein Hauch Anarchie.
Nicht perfekt, dreckig, kaputt, voller Leben eben.
Versuch Mensch zu bleiben
in unmenschlicher Welt,
ohne Chef, ohne Geld,
mit viel Kreativität, Luft, Liebe und Wut.

Natürlich geht das nicht immer gut,
die -ismen da draußen kleben wie Kletten,
schwer sich zu lösen von Schranken im Kopf und eigenen Ketten.

Doch ein Stück Hoffnung kehrt hier zurück,
kleines Licht am Ende des Tunnels.
Vielleicht ist er irgendwann möglich,
unser Traum vom Glück.

Gruppentherapie

„Ja, hallo – schön, dass ihr hier seid. Willkommen zur Gruppentherapie.
Stellt euch doch erstmal vor – mit Namen, was ihr so macht, und dem Problem, das ihr habt."

„Hey, ich bin Sina. Sina Soja."

„HALLO SINA!"

„Also ich bin eine Sojamilch. Lecker, gut verpackt, gesund, öko, bio, fair – ALLES.
Leider bin ich eine abgelaufene Sojamilch. Kein Schimmel, nicht mal sauer.
Trotzdem wurde ich aus dem hellen Regal in einen dunklen, stinkenden, stickigen Container geworfen. Einfach so!
Die haben sogar ein Schloss drum gemacht, damit mich niemand findet.
Zum Glück hat mich so ein … Autonomer? Hippie? Hipster? trotzdem gerettet. Das war knapp.
Hab dann meine Geschichte erzählt.
Und das ich traumatisiert bin. Naja, und jetzt bin ich hier."

„DANKE, SINA!"
„Hallo, ich bin Leander. Leander Liebeslied – Ich bin romantisch, kitschig, schön.
Ich wurde aus Gitarre und Stimme erschaffen, um Herzen zu erobern. Leider bin ich ein lizensiertes Liebeslied. Ich wollte übers Internet die ganze Welt bereisen und umarmen.

Jetzt bin ich: Leider nicht verfügbar! Außer für Geld natürlich. Aber wer hat schon Geld? Und Geld für Liebe ist doch unromantisch. Unerhört bin ich.
Das macht mich depressiv.
Und naja – für ein depressives Liebeslied will wirklich kein Mensch Geld bezahlen, oder?

„DANKE, LEANDER!"

„Hi. Hilde, Hilde Haus, und ich bin besetzt. Bin ‚ne alte Kantine, hab schon viel gesehen, glaubt es mir, bin hart im Nehmen auf mich ist Verlass.
Klar, hab hier und da einstecken müssen, Kratzer, Narben, Ecken und Kanten halt. Aber, das ist doch kein Grund!
Ich lass mir das nicht gefallen – die, die die wollen mich platt machen, die Spinnen, die Bullen, die Schweine. Lassen mich allein im Regen stehen und jetzt das.
Dabei sah es doch wieder richtig gut aus.
Ich war einsam, allein, da war plötzlich Besuch – die waren toll. So viele haben mich gehegt und gepflegt Mit Liebe, Lachen, Schweiß, Tränen, Mut und Wut. Das tat gut.
War bunt und laut und voller Leben. Wie in meiner Jugend.
Die sollen jetzt verjagt werden. Pah. Naja, da hab ich mich beschwert, hab geschrien, ich lass mich nicht abreißen!
Jetzt heißt es, ich sei hysterisch, aber ich lass mich auch nicht pathologisieren. Die haben Probleme, nicht ich.
Gruppentherapie, pah, ich geh gleich!"

„Danke, Hilde, das reicht!"

Bleibt die Frage, kann hier irgendwer helfen???

Psycho

Geist

Irgendwo im hintersten Winkel meines kleinen Gehirns haust ein Geist.
Unscheinbar, unsichtbar,
gut versteckt,
liegt er da,
wenn Gedanken schleifen,
in seine Richtung kreisen,
ihn irgendetwas weckt, macht er: Buh!
Und alles läuft weg.

Plenum meiner vier verschiedenen Persönlichkeiten
beendet kein Konsens sondern Krise.
Würd‘ den Geist gern verjagen,
aber dafür müsst‘ ich ihn kennen. Doch er zeigt sich nicht,
lebt nur im Dunkeln. Kann seine Gestalt höchstens erahnen –
suche und fluche,
könnte rufen:
Wo bist du? Komm her! Stelle dich!
Doch ganz ehrlich, wer weiß,
ob er wächst, dieser Geist,
wenn ich gegen ihn kämpfe.

Und würde ich mich wirklich trauen, in seine Augen zu schauen?
Nein. Ich will ihn nicht wecken,
lass ihn in Ruh
und versuch, nicht zu erschrecken –
beim nächsten: BUH!

Fluchtpunkt

Manchmal ist alles zu schnell und zu viel und zu laut.
Und dann auch noch frieren.
Manche fliegen dann für teures Geld in die Sonne.
Andere legen sich unter künstliche Sonnen
um ein bisschen Wärme in sich zu finden.
Hab ich auch schon gemacht. Also Ersteres.
Aber eigentlich bin ich froh,
dass auch mein Kopf eine Reiseanbieterin ist.

Denn wenn ich wirklich Urlaub brauche,
dann kann ich immer noch an diesen Ort – tief in mir drin.
Diesen Ruheraum. Mein Kinderparadies.
Ein kleiner Raum, ein gemütlicher Raum.
Mit weichen, roten Sitzkissen,
einem kleinen, braunen Couchtisch,
grünen Zimmerpflanzen und klassischer Musik.
Es riecht immer frisch hier,
aber nicht aufdringlich.
Es ist warm und Sonnenstrahlen scheinen durchs Fenster –
der einzige Kontakt zur Außenwelt.
Wenn selbst das zu viel ist,
kann ich die alten Samtvorhänge zuziehen
und das weiche Deckenlicht anmachen.
Ich gehe immer Barfuß durch diesen Raum.
Weil der Boden so schön weich ist.

Aber vor allem ist dieser Raum sicher.
Nichts kann mir hier passieren.
Es gibt weder morgen noch gestern und keine Angst.
Ich kann einfach sein.

Neurosenstrauß

Alle reden übers Wetter. Wir nicht.
Small Talk war wohl noch nie unsere Stärke.
Du hast mir zur Begrüßung
erstmal 'nen Strauß Neurosen mitgebracht.

Ich sag so: Danke. Für die Blumen.
Und weiß nicht wohin.
Wollen die gegossen werden?
Brauchen die Sonne?

Hab dann,
irgendwann,
meine Neurosensträuße einfach dazu gestellt.
Die Vase war ja groß genug.
Zusammen ist man weniger allein.

Jetzt hegen und pflegen
wir diese Blumen, voll bunter Hoffnung und grauer Trauer.
Therapieren unsere Schattengewächse mit Sonne,
gießen sie mit dem Wasser aus unseren Augen.
Und teilen.
Und lachen.

Weil so von außen betrachtet,
sind unsere Blumen und Neurosen und Ängste
ganz schön absurd. Fast schon komisch.
Aber das, was im eignen Kopf heran wächst,
findet mensch wohl eher selten zum lachen.
Manche Rosen haben ja auch fiese Dornen.

Aber das Stechen dann,
das erinnert mich dran,
dass ich lebe.

Regenwolke

Kopf in den Wolken?
Oder beide Beine auf dem Boden?
Mein Kopf ist in einer Regenwolke abgehoben.
Ziemlich grau und nasskalt ist es da oben.
Die Luft ganz schön dünn.
Aber immerhin:
Ich fliege
immer ein bisschen über den Dingen.
Schaue auf die Erde, dahin,
wo ich hergekommen bin,
sehe Hauen und Stechen,
fiese Grimassen, Ellenbogen,
Ziehen und Zerren
auf dem Weg nach oben.
Und alle wollen einen Platz an der Sonne.
Über das, was ich an Sonne habe auf meiner Regenwolke,
bin ich froh.
Aber will auch nicht mehr.
Zumindest nicht so.
Ein bisschen einsam ist es hier,
aber wenn ich dann kommunizier,
denk ich,
vielleicht auch ganz gut.
So wie ich das seh,
tu ich dann niemandem weh,
und niemand mir.
Manche meinen: Komm doch zurück,
such dir dein Glück.
Musst du andere dafür mal treten,
mach dir nichts draus.
Das ist die Realität.
Nur meine Realität sieht anders aus.

Normal?!

Normal. Was ist normal?
Zwei Drittel des Lebens mit Lohnarbeit zu verschwenden, die mensch eigentlich gar nicht mag?
An einen vor über 2000 Jahren Gekreuzigten zu glauben,
der angeblich von einer Jungfrau geboren wurde?
Den Wert eines Menschen daran zu bemessen, wo sie*er geboren wurde?
„Auch Deutsche unter den Opfern."
Alle vier Jahre die Verhältnisse abzunicken und das dann Mitbestimmung nennen?
Kinder therapieren, sanktionieren oder operieren, weil sie nicht in das 2-Geschlechter-System passen?
„Schwul" und „Jude" als Schimpfwort?
Konsumieren. Kaufen, kaufen, kaufen,
obwohl ich gar nichts Neues brauch?
Andere nur als Konkurrenz betrachten,
nach oben Buckeln, um nach unten zu treten,
nur sprechen,
wenn darum gebeten?

Na, vielen Dank.
Dann nennt mich BITTE, gerne
Weiter krank.
Weil: Nein, Nein, Nein!
So „normal" will ich gar nicht sein.

Sexismus auf Links

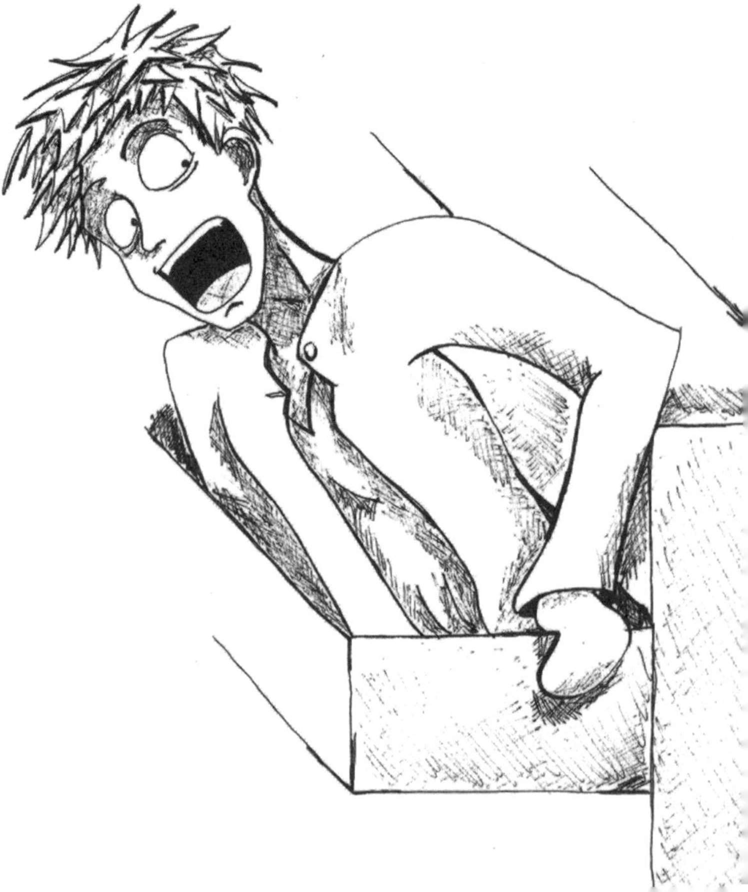

Unter „Männern"

Sommer, Sonne, Camping.
Linkes Camping.
Zumindest dachte ich das.
Gemeinsam kämpfen, lernen, diskutieren.
Oder doch lieber nicht.
Schon im Straßentheater-Workshop wird auch die dritte Pronomenkorrektur überhört.
Danke.
Abends am Lagerfeuer ist Zeit, sich besser kennen zu lernen.
Oder auch nicht.
Ich bin mit meinem derzeitigen Lieblingsmenschen unterwegs.
Er*Sie unterhält sich grad und bittet mich, doch dazu zu kommen.
Wir reden kurz. Sie*Er geht auf Toilette.
Da werde ich gefragt: „Ist sie deine Freundin?"
„Äh – keine Ahnung."
Und dann geht es los.
„Hey, nicht so schüchtern, ist doch kein Problem. Ich wollt' es nur wissen.
Wenn sie mit dir ist, kann ich sie ja nicht mehr haben."
Er lacht und boxt mir kumpelhaft in die Seite.
Was dann endlich Fluchtreflexe auslöst.
HILFE!
Er hat mich, im Gegensatz zu den Workshopteilnehmenden, wohl eindeutig männlich gelesen, im Dunkeln.
Ich, der Mann in einer heterosexuellen Beziehung?
Plötzlich oben in der Genderhierarchie?
Dabei war ich grad noch „Kampflesbe" oder „Transe" oder „Zwitter".
Mein Lieblingsmensch, mein Objekt?
Ganz schön gruselig!
„Männersolidarität", schimpft sich das wohl.
Na, die könnt ihr gerne behalten.

Rock'n'Roll

Gut gelaunt geht es von der Tanzdemo direkt auf die Party.
Sterne, knisternde Flammen, ein kreisender Joint.
Ich bleibe erstmal an der Feuertonne hängen.
Eine iranische Feministin erzählt mir von der Uni in Teheran.
Sie studiert jetzt in Deutschland.
Maschinenbau.
Und ist schockiert von der „Männerdominanz".
Scheinbar gab es sogar in der Diktatur einen höheren „Frauenanteil" an ihrer Uni.
Meine Vorurteile sind jetzt auch schockiert und wir haben ein spannendes Gespräch.

Auf Tanzen hab ich eigentlich keine Lust mehr.
Aber ich muss trotzdem nach drinnen.
Auf die Toilette.
Die All-Gender-Toilette.
Es ist jedesmal eine Freude, dieses Kloschild, das auch mich mit einbezieht.

Ich wasche mir grad die Hände und werde von einem großen, betrunkenen Mann angeschrien:
„Ey, Herrentoilette, verpiss dich, das ist mein Klo!"
Aha.
Der kann wohl nicht lesen.
Weder mich noch das Schild.
Ich beschließe, dass er heute nicht damit durchkommt.
„Hey du kannst hier …"
„Was hast du eigentlich für'n Problem?", unterbricht er.
Ich versuche mich als, als Erklärbar*in. Mal wieder.
„Ey, das ist ‚ne All-Gender-Toilette, du kannst hier nicht so rumschreien, außerdem weißt du gar nicht, wie ich mich definiere."

Scheinbar kennt er mich besser als ich,
denn er meint:
„Naja, du bist ‚ne Frau, die ‚n Mann sein will.
Aber trotzdem ‚ne Frau.
Halt ‚ne Frau, die viel Rock‘n‘Roll braucht.
Da bist du bei mir ja richtig, aber lass mich in Ruhe pissen.“
Er lacht.

Meine Hände ballen sich zur Faust, mein Blick versucht hilflos zu töten.
Ich geh raus und zerschmeiß eine leere Flasche.

Immerhin, es gibt ein Awareness-Team, ich kann mich auskotzen und der Typ geht.

Aber innerlich verfluche ich jede Leerstunde zu „Gewaltfreier Kommunikation“ und mein verdammtes Hippiegemüt.
Nein – „drüber reden“ ist nicht immer die richtige Strategie.

Wir sind doch alle so Queer

Ich habe beschlossen, das „Sie“ irgendwie nicht zur mir passt, und mir auch einen schöneren Namen gegeben.
Zum Glück befinde ich mich in einem „Freiraum“.
Da ist so eine Pronomenkorrektur sicher kein Problem.
Außerdem sitze ich direkt unter diesem schönen Schild, auf dem steht: „Dies ist kein Raum für Rassismus, Sexismus und Homophobie.“
Ich sage also ganz entspannt: „Hey ich bin übrigens Leo und werde mit er*sie angesprochen.“
Eine Bekannte meint: „Ach, krass, du bist trans? Ja, die Tante einer Freundin, die ist ja auch trans …“
„Aha“, sage ich.
Ich hoffe, dass das Thema damit beendet ist, aber ihre Neugier ist offenbar noch nicht befriedigt, denn sie fragt: „Willst du dich dann so richtig umoperieren lassen?
Geht das überhaupt?
Dauert sicher, oder?
Und ist das nicht total teuer?“
Mein Gefühl sagt Stopp, meine Zunge spricht leider weiter und sagt: „Ach, naja, ich freu mich auf den Bart.“
Damit ist das Thema dann wirklich durch. Hoffe ich.
Aber es wird noch besser, sie meint: „Ja, irgendwie bin ich ja auch nicht so ‚ne richtige Frau. Aber sich operieren lassen, nee, das könnt ich nicht. Findest du nicht, dass du damit Genderstereotype total reproduzierst?“
Dann ist Schweigen.
Der letzte Satz ist der beste: „Du brauchst das doch gar nicht, wir sind doch alle so Queer!“
Ja, genau, offensichtlich.
Wenn sie fünfmal am Tag nach ihren Geschlechtsteilen gefragt wurde, von öffentlichen Toiletten geschmissen wird und ein bisschen mehr Empathie hat …
Dann, ja dann kann sie mir vielleicht einen Tipp geben,
was ich so brauche – oder auch nicht.
Bis dahin weiß ich das immer noch selbst am besten.

Boxen

Ich war beim Boxen. Also beim Antifa-Boxen.
Leider nicht sehr lange.
Wegen unpassender Pronomen, übergroßer Ausrüstung, und einer Anleite-Person, die doch sehr an unangenehme Sportlehrer erinnert – bin ich schnell wieder gegangen.

Es gab dann FLTI*-Boxen.
Das war toll – glaub ich. Mehr als einmal hab ich es auch nicht dahin geschafft.
Und das kann ich jetzt nicht einmal wem anders vorwerfen.
Hatte es auch wieder erfolgreich verdrängt. Bildete mir ein: Du bist nicht so geeignet zum Boxen – mehr so zum Denken, zum Beispiel. Ist doch auch manchmal wichtig.

Gestern habe ich dann wieder gelernt, warum das mit der Arbeitsteilung eine echt blöde Idee war.
Ich laufe nachts alleine nach Hause. Sehe ein paar von der Boxgruppe. Gehe hin und merke: Alle sind auffällig ruhig und haben Handschuhe an.
Werde schnell informiert: Da sitzt ein Nazi in der Kneipe.
Leider sind noch ein paar andere vorbei gekommen und der Nazi hat uns längst bemerkt. Nimmt ein Taxi – fährt weg. Schade.

Dafür gibt es anderen Besuch.
Leute, die ich am FLTI*-Tag rausgeschmissen habe, gehen auf der anderen Straßenseite, erkennen mich und rufen: „Ey, scheiß Transe, wenn wir dich kriegen, wir …“
Ich gucke mich um und denke: „Na los, Sportgruppe.“
Nur, außer mir hat wohl niemand was gehört.
Ich sage: „Ey, der hat mich erkannt, beleidigt und bedroht!“

Doch der Nazi, der weg ist, scheint wichtiger.

Frustriert denke ich mir: „Alles muss mensch selber machen.“

Solidarität

Urlaub auf dem Land

Ich gehe mal wieder meiner Lieblingsbeschäftigung nach. Aufklärung leisten.
Ich hab ja Urlaub. Und mensch gönnt sich ja sonst nichts.
Auf der Suche nach neuen Herausforderungen hat es mich diesmal aufs Land verschlagen. Um eine tolle Person dabei zu unterstützen, sich vor der Familie als trans zu „outen".

Erste Gespräche gestalten sich schwierig.
Die einzigen beiden Kochbücher verdeutlichen: Hier gibt es nur entweder – oder. „So kocht Mann" und „So kocht Frau" stehen da in dieser Küche. Wir stehen da aber auch.
Der Herr des Hauses heißt uns dann noch einmal persönlich in seinem Patriachat willkommen. „Entweder du machst, was ich sage, oder ich sage und du machst. Du hast die Wahl. Haha.", sagt er zu seiner Frau.
Kleine erste Scharmützel, aber wir bleiben ruhig.
Ruhe vor dem Sturm.

Später wird in großer Runde gespielt. „Männer" gegen „Frauen", was sonst?
Kurze Überlegungen, ein Team „Inter/Trans" zu gründen, werden als zu gewagt empfunden und wir fragen höflich: „Gehen nicht auch andere Teams, ohne Geschlechtertrennung?"
Aber: „Nein" – ALLE wollen das ja so.
Bei den ersten „Frauen-Witzen" gehen wir dann schnell mal an die frische Luft. Ohne uns für ein Team zu entscheiden. Hah!

Draußen wird geredet, gelacht, geschrien. Wir versuchen runterzukommen. Und hier ist noch nicht mal irgendwo ein Kiosk. Wir sind nervös, hier herrscht die hetero-zweigeschlechtliche Matrix noch völlig unangefochten. Keine leichten Voraussetzungen für uns, denke ich.

Alex ist mittlerweile übel vor Angst.
Ja, Sexismus ist wirklich zum KOTZEN.
Wir werden also zum Problem erklärt. Wir schließen uns doch selber aus, wenn wir nicht mitspielen.

Am nächsten morgen will der Herr uns zur Rede stellen. Haben kaum geschlafen, aber uns gehalten, gestärkt, mutig gekifft.
Alex schafft es, ein Gespräch mit der Mutter zu fordern. O-Ton Patriarch: „Ach sollen die Weiber das unter sich klären." Dann zu mir: „Trinken wir mal ‚nen Kaffee, Jung?"
Hilfe! In dieser Welt habe ich Passing. Könnte fast lachen. Aber lehne dankend ab und sitze stattdessen relativ regungslos auf gepackten Koffern. Warte auf den vermeintlich unvermeidlichen Rausschmiss.

Alex kommt vom Gespräch zurück und fühlt sich fast gehört. Die Mutter hat geweint, gezweifelt und Angst um die Nachbar*innen. Aber es sieht fast so aus, als könnten wir bleiben.

Nunja. Dann wird von ihr auch der Herr Ehemann eingeweiht. Woraufhin dieser kein einziges Wort mehr mit uns redet.
Bad Vibes.
Wir gehen.

Wie war das – wir schließen uns doch selber aus?
Ja genau, immer wieder gerne. Nur wohin?

Der kleine Bruder beweist große Solidarität und kommt mit. Ins Hostel der nächstgrößeren Stadt.
Wir fliehen. Und uns erwarten: Wieder komische Blicke, ein 10er Zimmer – immerhin Unisex, aber dafür gibt es geschlechtergetrennte Gemeinschaftsduschen. Ohne Vorhang oder Schloss. Wir dürfen andere mit unseren schönen Körpern schockieren.
Privatsphäre ist echt überbewertet.

Abends dann Frust vergessen in der Schwulenbar. Das war der Plan. Aber natürlich hat wieder mein Ausweis verwirrt. Wenn ihr abends feiern geht, wollt ihr sicher auch nichts lieber, als mit fremden Barkeepern über eure Geschlechtsteile reden, oder?

Betrunken und frustriert nehme ich mir vor: Ich brauche Urlaub vom Urlaub.

Mein einziger Vorsatz fürs neue Jahr:

1 Woche. Eine ganze Woche. 24 Stunden pro Tag, 7 Tage am Stück, NICHT über Intersex-/Trans-sein oder Gender reden.

Nicht darüber schreiben.

Nicht einmal daran denken.

Ich beantrage Urlaub von binärer Geschlechterordnung und Patriachat.

Die Preisfrage ist, wo ich diesen verbringen soll.

Wahrscheinlich alleine in meinem Zimmer – Ohne Spiegel.

Widerstand

Der Ethikrat des Parlaments diskutiert heute ob Genitalverstümmlungen an Babys in Deutschland okay sind.

Häh, was, wie?
Nein, kann nicht sein.
Doch, doch. Genau das.

Wenn ein Kind als Hermaphrodit zur Welt kommt, finden viele in Psychologie und Medizin es völlig ok,
ja sogar notwendig,
Genitalien zu operieren, die nicht in die Schubladen „männlich" oder „weiblich" passen.

Hört sich ziemlich gruselig an.
Ist es auch.

Die UN-Kommission gegen Folter hat dann mal nachgefragt.
Jetzt diskutiert also das Parlament.

Ein Radiosender meint, das sei immerhin ein paar Minuten Sendezeit wert.

Ich bin fröhlich gelangweilt auf der Arbeit und warte darauf, gleich nach Hause zu fahren.
Mein Handy klingelt.
„Hallo, hier ist Levi."
„Ja Hallo, Ich bin's, ich wollte fragen, ob du ein Interview machen würdest. Hast du nachher kurz Zeit?"
„Äh – äh – ja."
„Es geht um Inter*-Rechte. Naja – die haben mich gefragt, die finden keine*n die*der selber Inter* ist"
„Joa – okay – bis gleich."

Na gut. Wundert mich nicht, dass da nicht viele drüber sprechen. Über ihre Leben – als – Zwitter.
Ich hab auch Schiss.
Aber besser, ich sag mal was – als immer nur selbst ernannte Expert*innen, die dann doch keine Ahnung haben.

Ich komme zum Treffpunkt.
„Hallo, ich bin Levi."
„Hallo, äh – bist du schon 18?"
„22"
„Oh – Entschuldigung – klar."

Wir halten kurzen Smalltalk und dann geht es los.

„Ja, was genau bist du jetzt körperlich?"
„Wurdest du operiert?"
„Wie ist das mit dem Sex?"

Irgendwie dachte ich, es ginge um Politik. Hm.
Ich werde mit jeder Frage kleiner, bin bald wirklich „das arme kleine Opfer" – das die wohl gesucht haben. Aber zum Glück nicht allein.
Monika meint:
„Ähm – Entschuldigung – aber wie ist eigentlich ihr Hormonstatus – haben sie den überhaupt schon mal kontrolliert? Und wie genau sehen jetzt ihre Geschlechtsteile aus, fangen sie doch mal an.
Und – merken Sie was?"

Stille

Wow. Das ist angekommen.
Alles dreht sich. Danke für die Solidarität.
Jetzt darf ich sagen:
Was mir wichtig ist.
Warum OPs keinen Sinn machen.
Warum wir endlich im Gesetz, im Pass, bei Formularen usw. nicht mehr unsichtbar sein wollen.

Diskriminierung, bitte

Ich bin Teil einer Kampagne, um diskriminiert zu werden.
Klingt komisch, ist aber so.
Warum?

Naja, zur Zeit gilt:
Für das Gesetz gibt es mich nicht,
für die Medizin bin ich krank,
für die Psychologie gestört.
Im besten Fall ein Gendersternchen.
Ein*e nette*r Freak.
Habe keine Toilette, keinen Sportverein, keine Pronomen, keine Kleidung, keinen Platz.
Das tut weh. Das macht wütend und traurig und ängstlich.

Aber diese ganze Energie wird jetzt vor Gericht gebracht.
Habt ihr schon einmal Deutschland verklagt?
Ich möchte, dass anerkannt wird, dass es mich und andere gibt.
Als Inter*, als Hermaphrodit.
Dann kann ich auch mal sagen:
Ey, Diskriminierung!

Weil, wer mich jetzt als „gestört" auf der Straße beschimpft, glaubt das gleiche wie die Psychologie.
Wer mich in Formularen übergeht, ist im Recht,
weil das Recht mich nicht kennt.
Wer mich behandeln, ändern, anpassen will, will das gleiche wie die Medizin.

Darum schrei ich jetzt, bis es wer hört.
Mache mich nackt, um gesehen zu werden,
und schreibe über das, wofür im Deutschen noch immer die Worte fehlen:
Mich als Hermaphrodit.

Zustimmung

Ich habe ein T-Shirt, das du magst. Du hast ein T-Shirt das ich mag. So weit, so schön.

Würdest du jetzt einfach tauschen – ohne zu fragen?
Nein!
Wir haben gestern nach einem Gespräch T-Shirts getauscht.
Heißt das jetzt, du kannst jederzeit ein T-Shirt von dir gegen eins von mir tauschen?
Nein, natürlich.
Wir haben vor dem T-Shirt-Tauschen auch Ohrringe ausgetauscht.
Heißt das jetzt, das jedes Mal, wenn wir Ohrringe tauschen, auch T-Shirts getauscht werden –müssen?
Nein, nein, nein!

Klingt logisch, oder?
Wenn es um den so geschätzten Privatbesitz geht, ist es selbstverständlich zu fragen. Fragen zu müssen.

Aber wenn es um unser Intimstes geht –
Austausch von Zuneigung, Sexualität, Berührung –
gelten plötzlich ganz andere Normen.
Es wird sich auf Regelmäßigkeiten verlassen.
Weil das immer so läuft.
Weil das ALLE so mögen.
Auf A folgt automatisch ungefragt B.
Und wenn einmal B, dann immer B sobald A
Und überhaupt.

Warum?

Verdammt, mir ist mein Körper schützenswerter
als irgendein Besitz.
Also nimm doch, bitte,
lieber einfach irgendein scheiß T-Shirt von mir,
anstatt mich anzufassen, ohne zu fragen.

Inter*Trans*Express

Neulich wer: Bist du auch trans*?
Ich so: „Ja“, und dann:
„Also irgendwie – auch – ein transender Hermaphrodit.“
Da ist mit mir mal wieder der Inter*Trans*Express durchgegangen.
Alles so schön bunt hier. Alle gleich. Alle Queer. Großes WIR.
Doch ich merke immer mehr:
Ich will Unterschiede nicht festschreiben, aber benennen.
Ja – ich will Kämpfe von Inter* und Trans* und auch Queers zusammenbringen.
Weil Identität nichts starres ist. Weil der Feind der gleiche ist.
Weil ich mich manchmal in allen Kategorien irgendwie wiederfinde.
Aber bin auch nicht blind dafür,
dass es einen großen Unterschied macht, wenn du heute sagst:
„Ich bin Queer“,
ob du inter*, trans* oder cis bist.
Ich will keine Olympiade der Unterdrückung gewinnen, aber
wem ein Recht auf Geschlecht abgesprochen wurde,
wer Eingriffe in den Körper erlebt hat,
braucht vielleicht erstmal eine eigene Nische,
eigene Räume, eigene Worte,
vielleicht auch die Sicherheit einer Kategorie als Empowerment.
Für manche ist das Spiel und Show mit den Rollenbildern,
für mich auch.
Aber es ist auch bitterer Ernst,
wenn dein Körper nicht sein darf.
Andere dich zurecht biegen wollen und dürfen.
Da sind Narben, die noch immer weh tun – beim Spielen.

Glitzer am Horizont

Mut

Wenn ich es wüsste, würd‘ ich es sagen,
würde rufen, brüllen, schreien, ja genau so könnt ihr euch befreien, doch ich kann nichts sagen,
kenne keine Antwort, habe dafür tausend Fragen,
nur die will selten jemensch hören,
weil sie nerven, bohren, stören.

Wenn ich es wüsste, würd‘ ich es sagen: Darum, aber warum?
Zahn is krumm, was wackelt fällt nicht immer um,
was gibt dir Kraft? Drei-Wetter-Taft?

Guter Sauer-Stoff, und eine Sing-Sang-Stimme aus dem Off:
Mut steht dir gut, wie ein schicker Hut.
Angst ist fies und gemein.
Angst, du kommst hier nicht rein!
Angst macht dich klein
und du bist doch groß, auf los geht‘s los!

Phoenix

Will weggehen.
Nie stehen bleiben.
weiter treiben.
Doch wohin ich auch geh,
wo auch immer ich steh,
mein Feind ist da,
sobald ich in den Spiegel seh.
Drum bleib ich hier
und stell mich – mir.

Heute nur im Kopf gereist,
mich einfach um mich selbst gekreist.
Reise heimlich,
still und leise,
weiter und tiefer als je zuvor.
Identität, entsteht, vergeht, verweht,
einst verhasst, dann verloren,
jetzt verblasst,
hervor tritt ein Mensch

Nur klein – doch fein.
Nur ein Staubkorn im Universum.
Nur ein Blinzeln der Zeit.
Aber befreit, zu Großem bereit.

Zu fühlen, zu kämpfen zu leben
und alles zu geben,
mit wehenden Fahnen unterzugehen,
um aus der Asche – neu – zu entstehen.

Rollentausch

Mutter, Vater, Kind –
alle kennen ihren Platz, machen's sich gemütlich dort.
Meiner ist eigentlich nicht der beste Ort.
Wind trägt mich fort.

Mutter,Vater, Kind?
Hab die Rolle gelernt, nur das Kostüm hat selten gepasst.
Klare Rolle, klare Struktur
ist erstmal vielleicht leicht. Vertraut, gewohnt.

Doch langsam merke ich: Ein Rollentausch lohnt.
Das bin ja gar nicht ich. Diese Rolle. Zumindest nicht nur.

Was genau das jetzt heißt und beweist,
wer weiß das schon?
Jedenfalls bin ich kein Klon.
Will es wagen, im Theater des Lebens neue Rollen zu tragen.
Zu erproben.
Mal sehen, ob das geht,
wie mir das so steht.

Spinnennetz aus alten Mustern,
hielt mich gefangen.
Find Spinnen sympathisch
und bin trotzdem gegangen.
Ohne Netz ist wie freier Fall,
doch da ist kein Boden,
also auch kein Knall.

Reklamation

VERKÄUFER*IN Guten Tag, willkommen im Life-Center. Wie kann ich Ihnen helfen?

KUND*IN Ich war vor Jahren schonmal hier, da hab ich mich beraten lassen.

VERKÄUFER*IN Ausgezeichnet. Und jetzt?

KUND*IN War damals alles nicht so leicht und dann war da diese Tüte Mitleid.

VERKÄUFER*IN Ein ausgezeichnetes Produkt, da kann die Firma *dir werd ich helfen* wirklich stolz drauf sein.

KUND*IN Naja, ich hab seit dem jeden Monat eine neue Tüte Mitleid gekauft. Wissen Sie, was passiert ist?
Das Mitleid wurde immer größer, ich immer kleiner.

VERKÄUFER*IN Ja, das tut uns leid.

KUND*IN Mir auch. Ich habe schon ganz viel Mitleid gespart. Ich will es endlich umtauschen und nie wieder sehen.

VERKÄUFER*IN Ja, klar, kann ich verstehen.
Was, was kann ich anbieten?

KUND*IN Ganz einfach.
Gib mir meinen Stolz zurück.

Endlich kann ich Glitzer tragen – Ich hab jetzt 'nen Bart

Als Kind wurde mir gesagt, ich sei ein Mädchen.
Das habe ich nie wirklich verstanden oder akzeptiert.
Röcke, Rosa, Glitzer, Barbie, lange Haare und alles, was in meiner stereotypen Welt als weiblich erschien – hab ich konsequent abgelehnt.

Lieber Toben und Fußball.
Klar, unter Jungs war ich dann schon eher der „Softie".
Mochte Theaterspielen, Gedichte schreiben, mit Büchern in ferne Welten verschwinden.
Hab eher gelernt, Zusammenhalt zu stärken, als Ego zu pushen.

Aber ein Mädchen?
Wollte Ingo als Name und habe mit Hanteln trainiert.
Weil Männer ja stark sein müssen. Wie mir die blöde Werbung immer wieder erklärt hat.

Heute hab ich den Raum zwischen den Geschlechtern für mich entdeckt.
Der so viel mehr Möglichkeiten bietet.

Female to Male?
Nein – ich war nie Frau – und wenn Mann sein im Patriarchat heißt, andere klein zu halten, zu bevormunden, zum Objekt zu machen, dann bin das nicht ich.
Ein bisschen Macker ist vielleicht mal da – aber ich arbeite dran.

Aber Mann?
Je mehr ich so gelesen werde, desto dringender will ich auch mal widersprechen.
Mit Glitzer und Pink und Rock zum Beispiel.
Und auf einmal wird alles, was einst Zwang war, zum ironischen Spiel.
Juhu, ich kann jetzt Glitzer tragen – ich hab ja einen Bart.

F to M?
Eher F to M to F, Female to Male to F*ck You!

Vielleicht hab ich es auch einfach nicht ausgehalten, plötzlich nicht mehr sichtbar zu sein.
Wo ich doch gar nichts anderes kenne.

Queertopia

VANJA	Hallo, ich habe für heute etwas vorbereitet. Ihr könnt gerne immer Fragen stellen oder mich verbessern, und ergänzen , falls ihr selber auch etwas zu dem Thema wisst. Also es geht um Geschichte. Gender-Geschichte um genau zu sein. Wisst ihr was das ist – Gender?
ING@	Ein alter Begriff für Geschlechtervielfalt?
VANJA	Ja, so ähnlich. Also früher, da wurden alle Menschen einem von zwei Geschlechtern zugeordnet.
LENA	Aber es gibt doch viel mehr!
VANJA	Ja genau, doch das haben die noch nicht erkannt.
LEO	Krass – wie haben die Leute dann denn gelebt???
VANJA	Je nach dem, versteckt … unsichtbar gemacht …
MONIKA	Absurd, aber wie lief das ab? Wann hat Mensch sich für ein Gender entschieden? Mit 18?
VANJA	Nein, gar nicht. Menschen haben Gender zugewiesen bekommen, schon bei Geburt – das später zu wechseln, puh, manche haben es gemacht, aber das war schon anstrengend, wurde ihnen schwer gemacht.
LEVI	Naja, für die Ansprache ist das doof und so, aber so viel macht es dann letztlich doch nicht aus, oder?
VANJA	Oh doch, also damals waren Sport, teilweise Schulen, Läden, Umkleiden, ganz viel war geschlechtergetrennt.
LEVI	Kann ich mir gar nicht vorstellen – wie langweilig!

VANJA Es geht noch weiter, es war sogar wichtig, eine Person des anderen Geschlechts, nicht des gleichen, zu lieben –
und nur eine am besten …

LENA Was??? PUH! So viele Vorschriften. Aber da haben sich doch nicht wirklich alle dran gehalten, oder?

VANJA Nein, natürlich nicht. Es gab Widerstand.
Manchmal war es schon Widerstand, als Frau kurze Haare zu haben. Oder laut zu sein. Frauen wurden dazu erzogen, sich klein zu machen, sollten sich unterordnen. Patriarchat hieß das.
Männer waren wichtiger, durften Körper von Frauen bewerten, manchmal sogar über sie verfügen.

LEVI Gruselig. Also jemensch hat nein gesagt und es wurde trotzdem weiter gemacht?

VANJA Ja, genau. Grenzen wurden oft nicht beachtet, Sexualität war nicht über Zustimmung geregelt. Es ging um Macht.
Ein Mensch bestimmt über einen anderen Menschen – Macht, Autorität, kennen wir heute ja kaum noch, sowas.

MONIKA Und, und wie sind wir den ganzen Mist wieder losgeworden?

VANJA Kämpfe.
Von denen, die sich mit Wort, Faust, Glitzer und Stein gegen Unterdrückung gewehrt haben.

LEO Mit Gewalt?

VANJA Naja, manchmal ging es nicht anders. Aber am wichtigsten war wohl Selbstorganisation.
Immer mehr haben sich zusammengetan. Geredet, über Unterdrückung gesprochen, sich im Kleinen gewehrt. Versucht, Gruppen aufzubauen, ohne Hierarchie.

LEVI Und das hat geklappt?

VANJA Naja, mal mehr mal weniger – die Leute kannten das ja gar nicht. Hatten ganz oft noch dieses hierarchische, patriachale Denken in sich.

War viel Arbeit, das loszuwerden. Auch die Rollenbilder. Du hast ja immer wieder „Frauen“ eher in der einen und „Männer“ in der anderen Rolle erlebt, auch im Fernsehen und in Büchern zum Beispiel. Da musst du bewusst gegen arbeiten, um das aus dem Kopf zu bekommen.

ING@ Klar, glaub ich. Puh, was für ein Glück, dass ich heute lebe. So als Cyborg.

Und gut, dass die Leute nicht aufgegeben haben.

Blablabla

Queer im Gesundheitsamt

Für meine unbezahlte Lohnarbeit, sowas schimpft sich dann Praktikum, brauche ich ein Gesundheitszeugnis.
Ich gehe also zum Amt und lasse mich aufklären, wie ich mir die Hände zu waschen habe. Aha. Dafür darf ich 25 € bezahlen. Soweit, so schlecht.

Eine Händewaschprüfung gibt es nicht und eine Person fängt auch so an, mir mein Zeugnis zu schreiben. Glück gehabt.
Doch die richtige Prüfung beginnt erst jetzt. Sie nimmt den Perso, überträgt den Namen, das Geburtsdatum, und kommt zu dem von mir geliebten Punkt Geschlecht.
Leider sind die Auswahlmöglichkeiten, wie so oft, eher begrenzt. Mann, Frau, Firma steht da, um genau zu sein.

Leider bin ich keine Firma.
Meine fünf Persönlichkeiten konnten sich nicht wirklich einigen, was denn unser Geschäftszweck ist. Egal. Aber Mann oder Frau bin ich irgendwie auch nicht.

Und ich werde nervös, warte auf einen blöden Kommentar, mal wieder. Und die ewige Frage: „Schwanz oder Muschi?“ Nur heute auf höflich, natürlich.
Doch die Amtsperson schweigt. Mustert meinen Bartschatten, die schlecht abgebundene Brust, und guckt ratlos auf ihren Bogen. Liest nochmal meinen Vornamen und wird zunehmend unsicher.
Unbekannte Vornamen sind super.

Ihre Unsicherheit macht mich fast wieder selbstbewusst und ich überlege, ihr zu empfehlen, einfach Firma anzukreuzen. Sie hat eine andere Idee.

Auffällig unauffällig wird der Kollege zu Rate gezogen. Jetzt werde ich von vier Augen gemustert. Die beiden sind echt am Schwitzen und könnten mir leid tun. Doch auch ich werde langsam ungeduldig.
Mittlerweile gibt es hinter mir eine Schlange. Meine Identität hält irgendwie den Betrieb auf.
Ich überlege, genervt zu gehen.

Doch da, ohne ein Wort und mit unsicherem Lächeln, bekomme ich endlich mein Zeugnis.
Ich bin nach dem langen Warten doch gespannt auf das Ergebnis und wette gegen mich selber, eine Frau geworden zu sein.

Ich lese, und lese, und lese … gar nichts. Die Frage nach dem Geschlecht wurde echt offen gelassen.
Keine Ahnung, ob die Judith Butler lesen oder einfach nur feige sind. Aber es fühlt sich verdammt gut an.

Für heute über Kästchen und Schubladen gesiegt.
Und ich stelle mir die Matrix der Zweigeschlechtlichkeit in ihren Computern vor:
10110100 … 2
Fehler, Fehler, Systemfehler …
System abgestürzt.
Oder so ähnlich.

Zur Not kann ich immer noch, eine Firma werden.

Worte

Worte sind die Waffe meiner Qual der Wahl,
die ich nie hatte. Worte wie Steine,
nicht Zuckerwatte. Ihr wisst, was ich meine.

Kein Wortspiel,
Worte geben so viel mehr her,
haben ein Ziel.

Will starre Normen zerfetzen, mich widersetzen,
Räume schaffen, Ideen teilen, Worte, die heilen.
Schmeiß mit Anapher und Metapher auf alles, was bedrängt,
einengt, verletzt und Leben zerfetzt,
um aus Trümmern und Phantasie, Träumen und Utopie
neue Bilder zu malen.

Meine Worte sind meine stärkste Sucht und immer auch Flucht.
Des Zornes Frucht.
Natürlich nur ein Tropfen auf heißem Stein,
oft zu klein oder voller Fehler.

Manchmal fehlen die Worte.
Kenne keine freien Orte. Wie sie beschreiben?
Manchmal fehlt auch die Hoffnung oder der Mut.
Dann bleibt nur Wut.

So viele Fragen. Selten eine Antwort.
Und doch haben wir alle was zu sagen.
Doch wer ist hier eigentlich wir?
Ich will nicht für andere sprechen.
Nur meine kleine Perspektive zeigen.
Andere sehen, andere verstehen,
um zusammen weiter zugehen.
Und bleib doch ganz oft – erstmal stehen.

Verbal radikal schmeckt so schal, Worte sind nicht egal.
Aber auch nicht alles.
Leider unverhofft oft
alles, was dir bleibt.

Wenn die Welt dich
in den Schutzraum deiner Phantasie
vertreibt.

Stimmengewirr

Ich habe eine kranke, kaputte Stimme.
Das ist empirisch bewiesen.

Vorhin zum Beispiel.
Plenum zu viert.
Ich habe was gesagt.
Wurde nicht gehört.
Hab es noch mal gesagt.
Wieder nicht gehört.

Früher war das oft.
Meine Stimme lud auch dazu ein, noch beim Sprechen von anderen unterbrochen zu werden.

Kurz vorm Verzweifeln bin ich zur Ärztin gegangen.
Aber die hat behauptet, mit meiner Stimme sei alles okay.

War erst verwirrt, habe dann kapiert.
Ich bin Hintergrundrauschen.
Hörbar. Da. Nur – nicht verstanden.

Habe meine Stimme repariert.
Weil Hintergrundrauschen sein
echt keinen Spaß macht.

Habe lauter geschrien als alle andern: HAH!

Doch dann, irgendwann,
mitten im befreienden Schrei,
fang' ich an zu denken dabei.
Wenn ich schrei',
übertön' ich die andern.

War auch wirklich müde,
vom schreien.
Und die Stimmbänder bald tatsächlich kaputt.

Und jetzt? Wie weiter?

Versuche, in Gesprächen drauf zu achten,
dass alle gleich laut sind,
was selten gelingt.

Und wenn alle langsamer reden,
mit Pausen zum denken,
gibt es viel mehr Platz.
Und die Ohren müssen weniger Müll verkraften.

Aber am besten geholfen
hat genau das hier.

Drum sitz' ich ja hier,
und schreib in Geschichten und Gedichten von mir
und dir,
weil kein Mensch mich dann
überhören oder unterbrechen kann.

Glossar:

Inter*: Ein Mensch, der*die genetisch (aufgrund seiner*ihrer Geschlechtschromosomen) und/oder anatomisch (aufgrund seiner*ihrer Geschlechtsorgane) und/oder hormonell (aufgrund des Mengenverhältnisses der Geschlechtshormone) nicht den Vorstellungen von eindeutig weiblich oder eindeutig männlich entspricht.
Die Medizin spricht hier von DSD (siehe unten).
Selbstbezeichungen sind z.B. Hermaphrodit, Zwitter, intersexueller Mensch, oder eben Inter*; wobei das Sternchen die Vielfalt an Identitäten und Selbstbezeichnungen deutlich machen soll.

Trans*: Menschen, die sich trotz vermeintlich eindeutiger biologischer Zuordnung nicht oder nicht nur mit dem bei der Geburt zugewiesenen Geschlecht identifizieren. z.B. Transfrauen, Transmänner, Transgender ...

Queer: Der Begriff wurde ursprünglich als Schimpfwort verwendet, gegen Leute, die von traditionellen Geschlechterrollen als Frau oder Mann und/oder traditionellen Beziehungsmodellen (hetero romantische Zweierbeziehung) abweichen.
Heißt übersetzt sowas wie „pervers". Wurde sich dann vor allem von einer politischen (vor allem) schwul-lesbischen (aber auch) trans-inter Community als offensive Selbstbezeichnung wieder angeeignet und ist mittlerweile ein gängiger Begriff für diese Community. Er hat auch Einzug in die Wissenschaft gehalten: Queertheory.

Cis: Bezeichnung für Menschen, die sich in ihrem Geburtsgeschlecht wohl fühlen und in diesem Leben wollen bzw. sich weitgehend damit arrangieren können.

Hermaphrodit/Zwitter: Kann eine empowernde Selbstbezeichnung von Inter* sein – aber auch als „Beleidigung“ gegen Menschen, die (vermeintlich) nicht Mann oder Frau sind, verwendet werden.

Transe: Kann eine Selbstbezeichnung sein für Trans*. Ist aber oft ein eher abwertendes Schimpfwort für Trans*.

DSM: Diagnostic and Statistic Manual of Mental Disorders – Diagnostisches und Statistisches Handbuch Psychischer Störungen. Diagnosekatalog für psychische „Erkrankungen“.

DSD: Difference (früher: Disorder) of Sex Developement *(Sexualdifferenzierungsstörungen)*
Offizielle, pathologisierende Bezeichung für Inter* in der Medizin.

Geschlechtsidentitätsstörung: psychologische, pathologisierende Bezeichnung für Trans*

Gutachten: Ein psychologisches Gutachten über die eigene „Geschlechtsidentitätsstörung“ brauchen Trans* z.B. um den gewünschten Namen offiziell tragen zu können, den Geschlechtseintrag zu ändern und um medizinische Unterstützung zu bekommen.

Chromosomen: Bei den sogenannten Geschlechtschromosomen gibt es Varianten von: XX/XY/XXY/X0 – wobei XX als weiblich und XY als männlich gelten.

Turner-Syndrom: Medizinischer, pathologisierender Begriff für Menschen mit einem X0 Chromosomensatz. Wobei in der Medizin behauptet wird alle Menschen mit X0 seien immer Frauen.

FLTI : FrauenLesbenTransInter (Menschen, die von Sexismus benachteiligt werden, letztendlich alle außer Cis-Männer)

Awareness: hier gemeint: Sich langsam etablierendes Konzept auf (linken) Partys Ansprechpersonen zu haben – falls es zu übergriffigem Verhalten kommt. Aber auch aufmerksam für die Geschehnisse im Umfeld zu sein und z.B. bei beobachteten Übergriffen nachzufragen bzw. einzugreifen.

Zwei-Geschlechter-System: Weit verbreiteter Mythos es gäbe nur Männer und Frauen.
Zeigt sich zum Beispiel an Toiletten, Umkleiden. in Formularen und so weiter. Leider immer noch sehr mächtig.

weiß: Bezeichnung für Personen die von Rassismus profitieren – nicht mit der Hautfarbe gleichzusetzen.

Schwarz: Bezeichnung für Personen, die negativ von Rassismus betroffen sind. Ist eine Selbstbezeichnung und kommt aus einer Empowermentbewegung. Nicht mit der Hautfarbe gleichzusetzen.

Gendertheorie: wissenschaftliche Forschung die sich mit der gesellschaftlichen Rolle von Geschlecht als Ordnungskategorie auseinandersetzt. Hervorgegangen aus der feministischen Gesellschaftsanalyse und Kritik – darum oft auch Frauen und Geschlechterforschung

FtM: Female to Male – Frau zu Mann also Trans*männlichkeiten

MtF: Male to Female – Mann zu Frau also Trans*weiblichkeiten

passing: hier: Geschlechtlich so wahrgenommen zu werden, wie mensch es gern hätte.
Der Begriff kommt ursprünglich aus den USA und wurde zu Zeiten der Sklaverei von Schwarzen benutzt, die als weiß „passen", und somit der Versklavung entkommen konnten.

(heteronormative) Matrix: Siehe Zwei-Geschlechter-System. Hinzu kommt die Vorstellung, alle Menschen seien heterosexuell oder wollten dies sein. Dazu gehört auch der Glaube an monogame Beziehungen und ein Kleinfamilienleben mit mehr oder weniger traditionellen Rollenbildern.

Judith Butler: Soziologin und Philosophin aus den USA mit dem Schwerpunkt Queertheory: siehe Gendertheorie – hier liegt aber der Fokus auch auf schwul/lesbischer Gesellschaftskritik und subversiver Dekonstruktion von Geschlecht als Ordnungskategorie

Genitalverstümmelungen: oft damit gemeint: Verstümmelung von als weiblich definierten äußeren Geschlechtsmerkmalen;
Hier: OPs welche an intergeschlechtlichen Kindern ohne Zustimmung und ohne medizinische Notwendigkeit, nur zum Zweck der Anpassung ihrer Geschlechtsmerkmale an eine weibliche oder männliche Norm, gemacht werden.

Ethikrat: Vom Bundestag einberufenes wissenschaftliches Gremium zur ethischen Beratung strittiger Fragen.
Hat zum Beispiel Empfehlungen zum besseren Umgang mit Inter* in Medizin und Recht gegeben Woraus ein Gesetz folgte, welches es Eltern von intergeschlechtlichen Kindern erlaubt bzw. vorschreibt kein Geschlecht eintragen zu lassen

Pathologisierung: Als Pathologisierung gilt die Deutung von Abweichungen vom medizinisch definierten Normalzustand als krankhaft. Es kann dabei auch um Verhaltensweisen, Empfindungen, Wahrnehmungen, Gedanken, soziale Verhältnisse oder zwischenmenschliche Beziehungen gehen.

Queertheory: Wissenschaftliche Theorie aus der Frauen und Geschlechterforschung, die sich mit Lebenswelten außerhalb der heteronormativen Matrix beschäftigt.

Wir, die Kampagne für eine dritte Option, wollen Raum und Sichtbarkeit schaffen, für alle Geschlechter jenseits von Mann* oder Frau*.

dritte Option

W M X

Mehr Infos findet ihr unter dritte-option.de

Immer wieder wird behauptet, es gäbe eine „Natürlichkeit" von genau zwei Geschlechtern. Dabei wird diese erst mit Gewalt hergestellt: Durch Zwangs-OPs an intergeschlechtlichen Kindern, durch das Pathologi-sieren von Inter* und Trans*, durch das Unsichtbarmachen und Ignorieren von allen, die nicht Mann* oder Frau* sind.

Und das, obwohl diese „Natürlichkeit" von kritischen Biolog*innen widerlegt wird, obwohl auch der Ethikrat des Bundestages erkannt hat, dass hier das Menschenrecht auf körperliche Unversehrtheit verletzt wird.

Diese Zustände sind nicht länger hinzunehmen!

Durch eine dritte Option werden Hermaphroditen, Inter* und Menschen, die weder Frau* noch Mann* sind, endlich sichtbar. Auch besteht die Hoffnung, dass dadurch endlich die medizinisch unnötigen OPs an inter geschlechtlichen Kindern – gegen die Aktivist*innen bereits seit Jahren kämpfen – endgültig beendet werden.

Darum lasst uns das Recht auf Selbstbestimmung juristisch und gesellschaftlich erkämpfen! Wir werden einen Prozess auf einen dritten Geschlechtseintrag anstreben und diesen mit einer politischen Kampagne begleiten.

* Yori Gagarim
Let them talk
What genitals have to say about gender – a graphic survey

Comic book – in english
Taschenbuch | 64 Seiten | 5,80 €
ISBN 978-3-942885-68-3

* kollektiv sternchen & steine
Begegnungen auf der Trans*fläche
– reflektiert 76 Momente des transnormalen Alltags

17 Zeichnungen
Taschenbuch | 128 Seiten | 9,80 €
ISBN 978-3-942885-12-6